# BLUFF

Images de couverture : Shutterstock
© Kiranart
© Eugenia Petrovskaya
© Faber14
Couverture : Marion Rosiere


34-36, rue La Pérouse
75116 Paris
www.hugopublishing.fr
Collection dirigée par Arthur de Saint Vincent
Ouvrage dirigé par Karen Maury

ISBN : 9782755672305
Dépôt légal : juin 2024
Imprimé en Espagne par CPI Black Print

ELSA CARAT

# BLUFF

Hugo Poche

NEW ROMANCE®

## CHAPITRE 1
## ROLEX

J'ai su très tôt reconnaître les bijoux de valeur. Tant qu'à risquer la prison, autant le faire pour un objet qui en vaut la peine. Au lycée, pendant que mes camarades révisaient le bac, j'apprenais à identifier les montres les plus belles et les plus chères du monde.

Une fois, mon père est tombé sur mon historique Internet. Il a dit d'un ton grave qu'il fallait qu'on parle.

Est-ce qu'il avait mis la main sur la boîte que je cachais sous mon matelas ? J'avais beau être douée pour le mensonge, difficile de faire croire que ces bagues, portables et clés de casiers m'appartenaient.

Ouais, je n'en menais pas large… Je ne voulais pas décevoir le seul parent qu'il me restait. En comparaison, la punition m'indifférait. De toute façon, il avait du mal à se montrer sévère avec moi depuis la mort de ma mère. J'imagine que pour lui, me réprimander aurait été comme me punir deux fois.

Toujours est-il que ce n'était pas pour les vols qu'il voulait avoir une discussion. Sauvée !

Il s'est assis dans *son* fauteuil – personne d'autre n'avait le droit de s'y asseoir – et m'a transpercée du regard en imitant Denzel Washington. Bon, quelqu'un lui avait certifié un jour qu'il lui ressemblait : le genre de gars pour qui toutes les personnes de couleur se ressemblent ! Bref, mon père n'avait pas le regard perçant de Denzel, mais je sentais quand même que le moment était sérieux.

– Keyah, a-t-il dit, j'apprécie énormément ce que tu essaies de faire pour moi. Seulement, tu n'as pas besoin d'économiser dix ans pour m'offrir ce genre de montre. Tu sais ce qui me rendrait vraiment heureux ? Te voir devenir quelqu'un de bien.

Mouais. Je crois que ce qui l'aurait vraiment rendu fou de joie, c'est que ma mère soit encore de ce monde. Moi aussi, j'aurais aimé ça. Mais personne ne pouvait la faire revenir.

Alors, je lui ai offert une Tudor l'année dernière à Noël. Je ne sais pas s'il nage véritablement dans le bonheur, mais il a une jolie montre à son poignet et il peut nager avec à la piscine.

***

37 400 euros.

C'est le prix de la Rolex Submariner Date Or Gris que possède le quinquagénaire en costard Armani que j'ai accompagné à sa table. Enfin, c'est le prix de la Rolex qu'il *possédait*. Elle est à moi maintenant. Il va mettre encore un certain temps à se rendre compte qu'elle a disparu. Il est bien trop concentré sur le décolleté de la jeune femme à côté de lui. Sa montre à elle, c'est une Cartier. Pas mal. Pas au niveau de la Rolex non plus. Et un peu trop clinquante à mon goût.

De toute façon, c'est la fin de mon service !

Les conversations se sont apaisées et seuls quelques rires doux persistent. Les lumières tamisées créent une atmosphère intime, malgré la superficie de la salle. Les tables sont maintenant parsemées de verres vides et de restes des festivités. Au fond de la pièce, le bar se vide progressivement.

Après avoir récupéré mon sac dans l'arrière-salle, je rejoins Stella. Je ne connais pas le vrai prénom de cette midinette aux grandes ondulations, aussi lèche-bottes qu'une nouvelle écolière désespérant de se faire intégrer dans le groupe des élèves populaires. L'agence événementielle de luxe qui nous emploie oblige certaines d'entre nous à prendre un pseudo si leur vrai prénom n'est pas assez glamour. J'ai pu garder Keyah. Apparemment, j'ai un prénom de prostituée haut de gamme. *Merci papa, merci maman !* Diplomate, la directrice de l'agence a dit que c'était « exotique et sensuel ».

– Stella, je m'en vais dans deux minutes. Ça va aller ?

Elle grimace en se balançant d'un pied sur l'autre.

– Ces foutus talons m'écorchent les pieds.

– T'as pensé à mettre des coussinets ?

Elle prend un air coupable. Je secoue la tête et fouille dans mon sac à main. Heureusement pour elle, j'en ai toujours sur moi en cas d'urgence.

Stella récupère les coussinets en pestant :

– Je ne comprends pas pourquoi on nous oblige à porter des talons aussi hauts. Avec ça, je suis plus grande que 90 % de ces types. Ils ne sont pas censés se prendre pour les rois du monde, se croire supérieurs et aimer dominer les femmes ?

– Si. C'est exactement ce qu'ils veulent. Cela dit, tu oublies que ces talons te rendent sexy et fragile, précisé-je avec un regard éloquent vers ses pieds douloureux. Sans oublier : empotée, lente et donc soumise. Et *ça*, ils adorent plus que tout.

Tout en soupirant, Stella s'appuie sur mon épaule et s'apprête à retirer un de ses escarpins.

– Mais qu'est-ce que tu fais ? m'exclamé-je en me reculant d'un pas, lui faisant presque perdre son équilibre précaire. Tu veux te faire virer ou quoi ? Élégante et classe en toutes circonstances, tu te souviens ? On dirait une fille bourrée qui rentre de boîte !

J'y crois pas ! Où est-ce qu'ils vont chercher ces filles ? Prise en faute, Stella rougit et se pince les lèvres.

– On n'a pas le droit de se pencher, de s'accroupir, d'écarter les jambes, ni même de respirer trop fort dans une robe de cocktail moulante, expliqué-je, atterrée par son attitude. On reste droite et gainée. Attends, c'est du sang que je vois dépasser de ton talon, là ? T'as qu'à carrément leur roter à la gueule pendant que tu y es ! Allez, file aux toilettes ! Je te couvre en attendant.

Pendant qu'elle obtempère en baissant la tête, je poireaute et fais le guet. Omar, un des agents de sécurité qui couvre la soirée de gala, en profite pour venir à ma rencontre. Les mains croisées devant lui, il porte un costume élégant sans le moindre pli et marche la tête haute, le dos bien droit. Stella devrait en prendre de la graine.

– Ça y est, tu as terminé, sourit-il. Tu t'en vas ?

J'acquiesce en montrant mon sac.

– J'attends juste que Stella revienne et je file.

Je détourne la tête, préférant ne pas entamer la conversation. Je crois qu'il en pince un peu pour moi. Mmmh, pas mon style ! Et surtout, c'est l'agent de sécurité. On se croise régulièrement à ce genre d'événement, donc trop risqué ! Ayant compris le message, Omar s'éloigne vers la petite foule des derniers couche-tard en robes de soirée et costumes. Il me fait un peu de peine, d'autant plus qu'il va se faire accuser d'avoir mal fait son boulot quand le vol sera déclaré.

D'ailleurs, il faudrait peut-être que je me concentre là-dessus. Elle en met du temps, Stella ! Je n'en suis pas à mon coup d'essai, loin de là, mais ça ne m'empêche pas de ressentir encore une pointe de stress. Chaque vol est un défi qui me pousse à me dépasser. Même les meilleures pickpockets peuvent se tromper parfois. Enfin, ma petite groupie personnelle revient.

– Bonne nuit, Keyah, me salue-t-elle en agitant la main.

Si elle savait que ma soirée ne fait que commencer…

Je me dirige rapidement vers les portiques de sécurité et me plie au contrôle habituel. J'écarte les bras, laisse la fille tracer les contours imaginaires de mon corps avec son détecteur portable, le tout sans perdre mon élégance. J'en suis d'autant plus fière qu'il m'en a fallu, du temps, pour parvenir à un tel résultat ! À mes débuts d'hôtesse et de pickpocket, j'avais l'air de ces gens qui prennent l'avion pour la première fois et passent les portiques de sécurité avec anxiété comme s'ils avaient une chance sur deux de gagner une peine à perpétuité dans une prison de Bogotá. La fille fouille mon sac avec minutie : clés, parfum, pansements, plaquette de pilules, portable, Tic-Tac à la menthe. Je suis prête à parier que Stella mâche des chewing-gums. Elle a encore tout à apprendre !

Ça y est, je suis libre. Je m'oblige à ne pas céder à la tentation d'accélérer le pas et de sourire bêtement. Je me sens à la fois plus légère – plus besoin de rentrer le ventre et de sourire à vous en faire mal aux zygomatiques – et plus lourde – une Rolex Submariner Date Or Gris pèse 147,80 grammes. Mais ça, ce n'est que dans ma tête. Pour le moment, la montre ne pèse rien dans mon sac.

Je contourne le bâtiment d'un pas assuré comme si c'était la direction logique pour rejoindre ma Mercedes. Arrivée devant une benne à ordures, je m'arrête.

Personne dans les parages.

J'ai ouvert le couvercle plus tôt dans la journée. Juste au-dessus de ma tête se trouve la fenêtre étroite des toilettes de la salle de réception, un modèle à soufflet avec une ouverture à l'italienne. Je me penche au-dessus de la poubelle et récupère un petit sac en papier qui pourrait être un emballage de sandwich. À l'intérieur, la Rolex scintille.

Viens voir maman, toi !

Enfin, je m'autorise à sourire largement. Je ne me lasserai jamais de la poussée d'adrénaline qui accompagne chaque vol. À peine ai-je empoché la montre que je rêve déjà d'expérimenter à nouveau ce frisson et la jubilation inégalable d'avoir réussi mon coup sans me faire prendre.

## CHAPITRE 2
## HERMÈS

Avant mon rendez-vous, je fais un détour par l'épicerie ouverte vingt-quatre heures sur vingt-quatre de mon receleur préféré, un revendeur avec lequel j'ai l'habitude de faire affaire. Une enveloppe pleine de billets et un *expresso* plus tard, je reprends ma Mercedes, direction la boîte de nuit la plus prisée de la région parisienne. J'arrive sur le parking privé de L'Obsédant à 3 h 45.

Pile à l'heure.

Je descends de voiture, lisse ma robe et remets un peu de rouge à lèvres en me dirigeant vers les portes surmontées d'une enseigne en lettres dorées. Dès que j'entre dans la salle principale baignée de lumières néon multicolores, je repère facilement Fabrice. En infiltration, il porte toujours le même smoking trop long aux manches et trop serré sur les hanches. Je rêve de le relooker ! Il s'approche, un petit nouveau sur les talons. Ce dernier trépigne et jette des coups d'œil à droite, à gauche. Pas du tout détendu, le jeunot. Tout, de ses cheveux soigneusement coupés à sa démarche réfléchie et méthodique, témoigne de son désir de présenter une allure professionnelle, mais ses épaules un peu rentrées reflètent un léger manque d'assurance.

Fabrice me salue rapidement. Il va toujours droit au but. J'apprécie. Ça me change des hommes que je rencontre à ces soirées mondaines et qui se croient obligés de faire des manières.

– Bonsoir, Keyah.

Je hoche la tête.

– Brigadier-chef.

Ici, personne ne sait qu'il est flic. Pour les clients et les employés, il est juste un habitué.

– Ta cible, c'est le type assis à la table du fond avec son pote de beuverie. Celui à la chevalière avec la cicatrice à l'arcade.

– OK. Il te faut quoi ?

– Portable, clés de son appart et, s'il est assez con pour noter des trucs sur un calepin, je suis preneur.

Le nouveau nous interrompt un peu trop fort :

– Oh là, mollo ! Ce mec doit être tout le temps sur ses gardes, il ne va pas se laisser berner aussi bêtement. Vous êtes peut-être douée, mais là, il ne s'agit pas de petits vols à la tire dans le métro !

Je le fusille du regard.

– Je n'ai jamais rien volé qui coûte moins de 10 000 euros. Enfin, pas depuis que je suis majeure. Et, croyez-moi, les gars qui ont des objets de cette valeur ne prennent pas le métro.

Il prend un air encore plus méprisant si tant est que ce soit possible.

– Je vois, une Robin des Bois des temps modernes qui vole les riches, quoi. Mais est-ce que vous donnez aux pauvres ?

Le petit con continue de me prendre de haut avec son sourire narquois.

– Tout est relatif. Par rapport à ces gens, je suis extrêmement pauvre. Et puisqu'on parle morale, des flics qui demandent l'aide d'une pickpocket…

Je me suis retenue pour ne pas dire « la meilleure pickpocket du pays ».

– … pour mener leur enquête, vous en pensez quoi, hein ?

Pris au dépourvu par mon ton sec, il ouvre la bouche, puis fait tomber ses clés par terre.

Alors que le jeune flic, un peu honteux, se penche pour les récupérer au sol, je saisis l'opportunité pour dérober quelques-unes de ses affaires. Mes mains agiles glissent rapidement et avec assurance entre les plis de sa veste pour vider ses poches. En un temps record, son portable et son portefeuille reposent dans ma paume gauche, le long de mon corps, collés au satin de ma robe. Presque en simultané, je glisse les doigts de ma main droite sur le côté de son holster. D'un geste léger, presque imperceptible, je défais délicatement le bouton pression pour libérer l'arme. Le tout est fluide, sans le moindre froissement de tissu ni bruit suspect. Mes yeux restent rivés sur ma cible et, d'un geste adroit, je retire l'arme pour la dissimuler dans mon dos et la faire tomber dans mon sac.

La rapidité de mon exécution est telle que ma victime, toujours absorbée par la recherche de ses clés, reste totalement inconsciente de cette subtile manœuvre. En revanche, un seul coup d'œil à Fabrice et je sais qu'il a tout vu. Il m'observe, amusé. Je distingue une certaine admiration et une lueur de fierté dans son regard complice, comme si j'étais sa protégée. Et je m'en trouve gonflée d'orgueil, presque attendrie.

Fabrice intervient.

– Bon, j'aurais dû faire les présentations plus tôt. Keyah, voici mon nouveau collègue : Lucas Deschamps. Lucas, je te présente Keyah Diaby. Je te conseille d'être sympa avec elle si tu veux qu'elle te rende tes affaires.

Je me délecte de son air ahuri alors que je lui tends son portefeuille. Partagé entre incrédulité et énervement, il fouille dans ses poches comme s'il n'arrivait pas à croire que ça puisse être le sien, puis me l'arrache des mains en jurant. Je lui rends aussi son portable. Et ses clés de voiture. Je viens de les lui piquer pendant qu'il était occupé à récupérer son portefeuille dans mon autre main. Un tour de passe-passe plutôt facile et classique, mais qui fait toujours son petit effet.

Je m'éclate comme une folle !

– Vous pouvez faire la maligne autant que vous voulez. N'empêche que ce type-là, il ne sera pas aussi sympa que moi. C'est dangereux.

– Dangereux, comme ce truc-là ?

Je sors son flingue de mon sac Birkin. Merci, Hermès, pour cette légende de la maroquinerie ! Jeune maman, Jane Birkin a collaboré avec la marque, à la base, pour concevoir un sac pratique et élégant qui lui permettrait de ranger toutes ses affaires et celles de sa fille, Charlotte. Force est de constater que ce véritable bijou de cuir peut effectivement contenir tout un tas de trucs !

– Putain, Keyah ! m'engueule Fabrice, les dents serrées, alors que je fais joujou avec l'arme sous les yeux horrifiés de son stagiaire. Cache-moi ça !

Humilié, le jeune flic range son pistolet dans son holster. Il bafouille à l'intention de son collègue :

– Fabrice, je te jure que je l'avais bien attaché. Je comprends pas…

Son supérieur lui donne une tape sur l'épaule.

– C'est pas ta faute. C'est la meilleure.

Pour une fois que ce n'est pas moi qui le dis.

– J'ai eu le temps de le faire quand j'ai fait tomber vos clés et que vous vous êtes baissé pour les ramasser, expliqué-je, magnanime.

Je me retourne alors vers Fabrice, ignorant volontairement le stagiaire :

– Bon, je me lance. Tu viens récolter dans deux minutes ?

– Ça marche.

***

Le type avec son physique qui tient plus du nounours que du Malabar ne me paraît pas si dangereux que ça, même avec quelques cicatrices. Je m'approche d'une démarche chaloupée et m'appuie à sa table, attirant l'attention du duo.

– Excusez-moi, je ne peux m'empêcher d'admirer votre chevalière. Elle est vraiment exceptionnelle. Vous l'avez acquise récemment ?

Le gars me sourit, puis lève la main pour me permettre de voir plus nettement la tête de lion gravée en creux.

– Ah, merci ! Ouais, je l'ai eue il y a quelques semaines. Un cadeau.

– Oh, c'est vraiment magnifique. J'aimerais en trouver une similaire pour mon père. Vous savez si la personne vous l'a achetée dans une bijouterie locale ?

– Non, c'est plutôt spécial. Un truc sur mesure, vous voyez ?

Je me glisse à côté de lui sur la banquette.

– Vraiment ? Fascinant ! Vous pensez que la boutique accepterait de reproduire le même modèle pour un autre client ? Je suis prête à mettre le prix.

Il hoche la tête, flatté par mon intérêt.

– Je suppose que ça se pourrait. Mon cousin connaît très bien l'artisan. C'est un chic type qui a un petit atelier pas loin d'ici.

– Oh, merveilleux ! Vous pouvez me donner ses coordonnées ? Je vous en serais vraiment très reconnaissante !

Berné par mon petit jeu d'actrice, l'homme ne voit pas le manège que j'effectue juste sous ses yeux. Pourtant, actuellement, son portable se trouve sous la serviette en papier qui traînait sur la table, les clés de chez lui sont dans mon soutien-gorge et je suis assise sur un papier chiffonné qui ressemble à une liste et que j'ai fait tomber volontairement de sa poche en prenant place à côté de lui.

Fabrice commence à s'avancer vers notre table. Je saisis la main de ma cible, prétextant vouloir mieux voir la bague. Pendant qu'il a les yeux rivés sur les doigts de ma main droite, je me sers de la gauche pour rassembler les objets. Je les fais glisser dans la poche de la veste du flic juste au moment où il passe devant nous pour se rendre aux toilettes.

J'espère qu'il va faire vite. Je ne tiens pas à discuter trop longtemps. Pour un homme prétendument dangereux, ce type est d'un ennui affligeant.

***

Six minutes plus tard, je me retiens pour ne pas bâiller tandis que mon interlocuteur se vante d'être ce genre de type qui fait peur et « que les autres n'ont pas envie d'emmerder ».

C'est moi qui m'emmerde, là. Et sérieusement. Qu'est-ce que Fabrice fabrique ? Il ne faut pas des plombes pour copier le contenu d'un portable et faire un double de clé avec le matériel dont il dispose !

L'ami de ma victime demande soudain :

– T'as ton portable ?

– Tu vois pas que je discute avec la dame ? le rembarre-t-il. Pourquoi tu demandes ça ?

– J'ai juste besoin de voir un truc. Il est où ? Il était pas sur la table ?

Si, il y était. Ma cible commence à sourciller. Ses yeux scrutent la table. Il soulève la serviette en papier et s'apprête à fouiller ses poches.

– Il est là ! m'écrié-je en les faisant sursauter. Il était juste sur la banquette !

C'est *mon* portable que je brandis dans ma main. Le cerveau humain n'est pas aussi efficace qu'on le prétend. Il est facile à tromper. Si on lui montre ce qu'il s'attend à voir, il n'ira pas chercher plus loin. Pas tout de suite, en tout cas.

Rassuré, il n'a pas porté les mains à ses poches. *Ouf.* Mais je n'ai gagné que quelques secondes, le temps qu'il se rende compte que ce n'est pas le sien. Il possède un BlackBerry KEY 2 – ça existe encore ces trucs-là ? –, rien à voir avec mon iPhone.

Je lui tends le téléphone avec assurance. Le bluff fait partie intégrante de mon art, car l'élocution, la prestance et le regard sont des armes tout aussi puissantes que l'habileté des mains. L'air de rien, j'ai encore gagné une ou deux secondes.

Fabrice sort enfin des toilettes. Il est tout près. Au même moment, la cible comprend que ce n'est pas son portable. Le temps qu'il l'exprime à voix haute, interpelle son ami et commence à chercher une explication, j'ai récupéré le sien. Comme convenu, Fabrice a renversé le contenu de la poche de sa veste dans mon sac à main resté ouvert et placé stratégiquement.

Alors que la victime se retourne vers moi, je sors son BlackBerry de mon Birkin et me confonds en excuses :

– Je suis désolée ! J'ai cru que c'était le mien, j'ai inversé nos portables !

Soulagés de le récupérer, les deux amis rient avec moi. J'en profite pour remettre les clés et le bout de papier à leur place, puis je feins le besoin pressant de boire un cocktail et m'éclipse de la table pour me diriger vers le comptoir derrière la piste de danse. Le gars est tellement imbu de sa personne qu'il ne se rendra pas compte que je ne suis jamais revenue.

Fabrice a déjà quitté L'Obsédant. Il me donnera d'autres missions, mais on ne reparlera jamais de celle-ci. C'est le deal entre nous. Je n'ai pas envie de savoir qui est ce mec – j'en sais déjà beaucoup trop – ni de quoi on le suspecte. Je ne demande jamais. C'est une règle que je m'impose et elle arrange bien Fabrice.

À cette heure-ci, la boîte commence à se vider. Je dois quand même me frayer un chemin à travers un petit groupe pour parvenir jusqu'au bar et commander un mojito au barman. J'élève la voix juste assez pour couvrir la musique qui anime les derniers danseurs déjà épuisés sur la piste. Très vite, un joli verre à pied décoré d'une feuille de menthe se matérialise devant moi.

Après l'effort, le réconfort ! J'ai fait deux bonnes actions depuis la tombée de la nuit. Une pour moi. L'autre pour la police. J'ai bien mérité de me faire plaisir. Comme s'il avait entendu mes pensées, un séduisant inconnu vient s'installer au comptoir.

## CHAPITRE 3

## ALEXANDER MCQUEEN

Je sirote mon mojito, imperméable à l'agitation qui règne autour de moi. Je me sens à l'aise dans le monde de la nuit. Je suis habituée aux sons, aux lumières et aux regards qui se font moins discrets, comme celui de cet homme.

Le bel inconnu qui, j'en suis sûre, s'est installé exprès à cette place, laissant un tabouret de courtoisie entre nous, n'est pas seulement un oiseau nocturne, comme moi. Lui, c'est un rapace. Il cherche une proie, mais pas n'importe laquelle. On voit tout de suite que Monsieur est exigeant. Il aime quand ce n'est pas trop simple. Je pourrais me laisser convaincre…

Après tout, il est diablement sexy. Il dégage un charisme magnétique avec ses cheveux bruns, mi-longs, qui encadrent son visage d'une manière décontractée et un peu rebelle. Sa stature est imposante, grande et élancée, donnant l'impression qu'il occupe tout l'espace autour de lui. Son regard intense, souligné par des yeux noirs perçants, semble capable de lire au plus profond des âmes. Son style vestimentaire, à la fois élégant et décontracté, reflète une personnalité artistique. Il porte des vêtements qui mettent en valeur sa silhouette, mais avec une touche de nonchalance qui témoigne de sa confiance en lui. Il dégage cette aura mystérieuse qui attire l'attention sans trop en faire.

Je remarque alors l'étui à guitare, posé sur ses genoux. J'ai un faible pour les musiciens.

Il change de place pour s'asseoir sur le tabouret juste à côté du mien, puis il me mate. Pas comme un mec lambda qui essaierait de le faire avec plus ou moins de discrétion. Non, il le fait de manière ostentatoire. Pour que je sois forcée de le remarquer. Pour me provoquer. Pour m'obliger à lui parler en premier, même si c'est pour l'engueuler. Dommage pour lui, je suis très douée au jeu des regards.

Notre duel s'étire une bonne dizaine de secondes sans qu'un de nous cille. On dit qu'un regard échangé dure une seconde. En dessous, cela traduit un comportement fuyant. Tandis qu'au-delà, il s'agit d'une invasion. Je crois qu'on vient de battre un record du monde.

– Je pourrais faire ça toute la nuit, cède-t-il.

Je bats des cils, abandonnant son regard profond, marron doré. Il porte une veste en cuir. Du cuir véritable, je suis formelle. Une étude un peu plus approfondie m'apprend que c'est une pièce Alexander McQueen. Cet homme a du goût. Et de l'argent. Mes yeux descendent sur son poignet gauche. Pas de montre. Je suis un peu déçue, mais surtout intriguée. D'expérience, je sais qu'un spécimen soucieux de son apparence et assez riche pour porter des marques de luxe s'achète toujours une montre de grande valeur.

Ma curiosité est piquée.

– C'est de la triche. La nuit est déjà presque terminée. Le jour va se lever dans deux heures.

– Je pourrais faire ça demain aussi.

– Je ne serai plus là demain.

– C'est vrai. On ne sera plus dans cette boîte dans moins d'une demi-heure.

Il n'a pas froid aux yeux. Je dois être complètement folle, mais ça me plaît.

Je fais un signe du menton vers l'étui à ses pieds et remarque tout haut :

– Un musicien.

À son tour, il m'observe attentivement. Ses yeux glissent sur mon visage, s'attardent sur ma bouche, plongent dans le décolleté de ma robe rouge, détaillent chaque millimètre de la peau nue de mes jambes, de mes cuisses à mes chevilles. Enfin, après une longue inspection, il rétorque sur le même ton que je viens d'emprunter :

– Une très belle femme.

Ça me fait sourire.

– Tu joues vraiment de la guitare ou c'est juste pour impressionner les filles ?

– Est-ce que j'ai l'air d'avoir besoin de ça pour impressionner les filles ?

En toute honnêteté, non.

– Je crois que t'es un vrai musicien. Mais pas forcément un bon.

Pour la première fois, son regard se dérobe. Il baisse la tête une seconde. C'est furtif, mais je ne peux m'empêcher de le remarquer. J'observe tout le temps les gens, tente constamment d'analyser leur comportement.

Bon, j'ordonne à mon cerveau de se mettre sur pause. Cette nuit, j'ai envie de me laisser aller, de me faire surprendre.

– Je préfère dire que je suis une sorte… d'artiste.

– Oui, ça te va bien, approuvé-je, taquine. Tu as les cheveux d'un artiste.

Son sourire s'élargit.

– C'est quoi ton problème avec mes cheveux ?

Je suis satisfaite qu'il saisisse mon espièglerie et y réponde. L'idée d'être responsable de ce sourire, grâce à mes mots, me réjouit. Je le connais à peine, mais sa manière de s'exprimer, son regard vif et ses traits d'esprit me soufflent qu'il est digne d'un certain intérêt. J'aimerais que la réciproque soit vraie, qu'il voie en moi plus qu'une simple rencontre parmi d'autres au hasard de la nuit. Je veux avoir quelque chose de spécial à ses yeux.

Il se passe la main dans les cheveux et je dois reconnaître que cet effet décoiffé est hyper sexy. Je réplique quand même en essayant de ne pas avoir l'air trop déstabilisée :

– C'est quoi ton problème avec les coiffeurs ?

Il se remet sur ses pieds. L'espace d'un instant, je crains que ce geste signe la fin prématurée de notre échange. Au lieu de quoi il rapproche son tabouret si près du mien que nos genoux se touchent quand il s'y rassoit.

Il me susurre à l'oreille :

– Promis, je te laisserai faire tout ce que tu veux avec mes cheveux.

Son souffle dans mon cou me fait frissonner. Je savoure l'instant en tâchant de garder un semblant de contrôle.

– Des couettes ? Ça t'irait bien, je crois.

Il secoue la tête et prend un air sérieux.

– On va avoir un problème. Il faut des chouchous pour faire ça, non ?

– Oui et alors ?

– Je n'en ai pas dans ma chambre d'hôtel.

Sa réplique fait mouche, elle m'émoustille. Je me surprends à jouer avec le lobe de mon oreille, à chercher mon reflet dans ses yeux marron doré.

Après un silence envoûtant, il fait un signe au barman qui s'approche rapidement avec l'assurance d'un professionnel de la nuit.

– Une bouteille de Magnum Cristal Louis Roederer 2008, s'il vous plaît.

Le jeune homme hoche la tête, affichant un sourire complice.

– Un excellent choix. Je vous l'apporte dans quelques instants.

Pendant ce temps, l'inconnu se tourne vers moi.

– J’espère que tu apprécies le champagne.

– Bien sûr, le champagne est toujours une bonne idée. Surtout une bouteille à 970 euros.

Il esquisse une moue appréciative, visiblement admiratif de la connaisseuse que je suis. Je suis flattée qu’il remarque et estime l’étendue de ma culture viticole à sa juste valeur.

Le champagne arrive et le barman le débouche avec une dextérité impressionnante. Il remplit nos verres et nous trinquons.

– À une nuit pleine de surprises, lance-t-il en levant son verre.

– À des rencontres inattendues, renchéris-je, mes yeux plongés dans les siens.

Nous savourons le champagne en échangeant des sourires complices. L’inconnu est à l’aise dans cet univers et sa présence a complètement fait s’évaporer ma fatigue.

Le regard pétillant de curiosité, il demande :

– Alors, que fait une femme aussi intéressante que toi dans le monde de la nuit ?

Je prends une nouvelle gorgée avant de répondre, choisissant mes mots avec soin.

– L’aventure, le bruit, l’inconnu, les jolies lumières et les robes de soirée… En fait, tout ce que j’aime se trouve dans la nuit.

Je conclus par un léger haussement d’épaules pour marquer l’évidence avant de le relancer :

– Et toi, pourquoi L’Obsédant, à cette heure ?

Il prend un air des plus mystérieux.

– Je pourrais dire que je suis là pour la musique, mais ce serait un mensonge.

Je réponds du tac au tac :

– Et je ne supporte pas les hommes qui mentent.

Face à ma remarque, l'inconnu perd momentanément son assurance habituelle. Ses yeux, empreints de confiance depuis le début de notre échange, trahissent une pointe de vulnérabilité pour la première fois.

Ai-je été trop agressive ? Peut-être. Je reconnais que j'ai tendance à l'être parfois. Heureusement, je ne l'ai apparemment pas fait fuir puisqu'il poursuit :

– De toute façon, je n'arriverai jamais à te faire croire que j'apprécie cette soupe commerciale. Plus j'apprends à te connaître, plus il me semble que tu n'es pas si facile à berner.

Il marque un moment de silence, perdu dans une réflexion qui m'échappe.

La musique pop-électro envahit l'espace pendant ce court silence. Le rythme résonne facilement en moi. Il a été particulièrement sévère avec les choix musicaux de l'établissement.

– La musique n'est pas si mal, le taquiné-je. Monsieur le Musicien a des oreilles délicates.

– Délicates, je ne sais pas. Mais j'ai des oreilles, et je les utilise. Tout comme mes yeux…

Son regard brûlant parcourt à nouveau mon corps. Il trouve toutes les raisons pour me dévorer des yeux. Je fais mine de ne pas m'embraser de l'intérieur et rebondis sur sa dernière remarque.

– Vraiment ? Les yeux, utiles à un musicien ?

Il porte le champagne à ses lèvres. Je peux voir les mouvements de sa pomme d'Adam quand le liquide ambré passe dans sa gorge avant qu'il repose sa flûte délicatement.

– En fait, je ne suis pas un simple musicien. J'apprécie toutes les formes d'art.

Son expression devient sérieuse.

– Une mélodie, une photo, une toile, une sculpture… Chaque œuvre a quelque chose à dire si on sait l'écouter. Il y a cette magie indescriptible quand on se tient devant une œuvre qui vous transperce, qui éveille quelque chose en vous que vous ne connaissiez même pas. Et puis, parfois, la véritable magie réside dans ce que l'on ne voit pas au premier regard.

J'ai la sensation que sa dernière phrase pourrait revêtir un message caché, mais je ne pousse pas plus loin la réflexion. Je suis bien trop captivée par la passion qu'il transmet.

– Wow. Tu es un vrai connaisseur à ce que je vois !

C'est un aspect de sa personnalité qui m'attire.

Il hoche la tête.

– Pour tout te dire, je suis plus qu'un connaisseur. Je suis un… collectionneur.

Il marque une pause et son sourire reste un peu figé. Quelque chose dans son regard me trouble, mais je n'arrive pas à mettre le doigt dessus. Un double sens au mot « collectionneur » ? Essaie-t-il de me faire comprendre qu'il multiplie les conquêtes ? Je ne crois pas. Je ne doute pas une seule seconde qu'il soit un grand séducteur, mais il me semble trop classe pour y faire allusion de cette manière, à ce moment-là. C'est sans doute autre chose.

Alors que la nuit avance, l'inconnu ressent l'atmosphère particulière qui règne à cause de la fermeture imminente de l'établissement. Il se penche légèrement vers moi.

– Il serait temps qu'on s'en aille. Les reflets de la lune sur le canal, c'est magique, tu verras.

Il tourne sa phrase de manière que je n'aie pas vraiment d'autres options que de le suivre, mais avec une élégance notable.

– Je suis curieuse de découvrir cette magie dont tu parles, souris-je.

L'inconnu, élégant et mystérieux, prend délicatement la bouteille de champagne dans une main et son étui à guitare dans l'autre, puis m'invite à le suivre.

À l'extérieur de la boîte de nuit, la lueur des enseignes nocturnes se reflète sur le verre scintillant, créant un halo de luxe qui accompagne notre escapade. Le doux murmure du canal se mêle à l'air nocturne pour créer une symphonie apaisante. Les rues pavées résonnent légèrement sous nos pas tout au long de notre progression. Nous nous prêtons le champagne à intervalles réguliers jusqu'à ce que j'en obtienne finalement le droit de garde.

De temps en temps, sa main libre glisse dans le creux de mon dos pour me guider. À chaque contact, j'ai comme un électrochoc.

L'alcool aidant, je suis de plus en plus loquace.

– Tu sais pourquoi j'aime la nuit ? J'aime toutes ces lumières dans la ville : les enseignes, les éclairages des monuments et même les lueurs des feux rouges ! J'aime les sonos qui s'échappent des bars encore ouverts, les rires des fêtards qui ont trop bu et les cris des jeunes qui goûtent pour la première fois à leur liberté. Même les bris de verre et les mégots sur les pavés, ça me plaît ! Ça prouve qu'il y a eu de la vie, ici. J'ai besoin de cette effervescence, de ce tourbillon !

J'illustre mon propos en tournant sur moi-même. J'ai le tournis, j'ai définitivement trop bu. Ça le fait sourire. Il est irrésistible quand il me sourit de cette façon.

– Et toi ? Pourquoi tu aimes la nuit ? Tu n'as pas bâillé une seule fois. Tu as l'habitude, toi aussi !

– Je ne sais pas… J'aime la nuit parce qu'on peut être une autre personne à ce moment-là. Avoir un autre visage. Tout le monde est différent la nuit.

Il hésite avant d'ajouter :

– Et puis, certaines personnes préfèrent rester dans l'ombre et attendre le bon moment pour se révéler.

Je m'arrête. Je me rapproche de lui, pose une main sur son torse et lève la tête pour accrocher son regard qui est plus haut que le mien malgré mes talons.

– Décidément, c'est bien mystérieux tout ça !

Au lieu d'expliciter sa pensée, il choisit de me renvoyer la balle :

– Toi aussi, tu es mystérieuse. Cette assurance, je vois bien que ça cache quelque chose.

Il a raison, mais je ne vais pas lui révéler tous mes secrets. Je ne vais pas dire que je suis la meilleure pickpocket du pays. Je ne vais pas dire que je vole parce que j'adore le frisson que ça entraîne. Je ne vais pas dire que si je peux avoir l'air superficielle, c'est juste une apparence que je me donne pour que personne n'aille creuser plus loin. J'ai déjà l'impression qu'il a aperçu cette autre facette de moi. C'est pour ça qu'il me plaît, pas seulement parce que j'éprouve une attirance physique irrépressible.

J'essaie de rester énigmatique, même si l'effet du champagne m'en fait dire un peu trop.

– C'est vrai. Je suis sans doute plus fragile que je ne veux l'admettre, mais c'est justement ça qui me rend forte, non ? Tu n'as pas idée de tout ce que je suis capable de faire…

– Toi non plus, souffle-t-il avec une intonation plus grave et plus intense qui me fait vibrer. Tu n'as pas idée de qui je suis vraiment…

Je devrais être au minimum sur la défensive après une déclaration pareille, mais son regard sur moi me bouleverse. Profond, sincère, émouvant, on dirait presque qu'il souffre. Alors, quand il me dit qu'on est arrivés devant son hôtel, c'est plus fort que moi : je cède.

Nos yeux se rencontrent et ne se lâchent plus. Puis, avec une lenteur délibérée, il se penche doucement vers moi et approche son visage du mien. Il enserre naturellement ma taille, tandis que mes bras passent lentement autour de son cou. Et je ressens ce frisson anticipatoire qui court le long de ma colonne vertébrale.

# CHAPITRE 4
# JACQUEMUS

À la seconde où l'inconnu pose ses lèvres sur les miennes, je sais que cette nuit sera tout sauf ordinaire.

Son baiser est engagé, passionné, personnel. J'en sais plus sur sa personne avec ce premier baiser que je n'en apprendrai jamais en discutant avec lui. Le corps ne peut pas mentir, contrairement aux paroles. En l'embrassant, je ressens son besoin de se connecter à moi et d'entrer dans mon intimité. Il n'y a pas d'hésitation dans son baiser. Il n'est pas bavard, mais il exprime physiquement ce qu'il ressent. C'est pour ça que j'aime les musiciens : ils ont la capacité de faire passer leurs émotions dans l'acte physique comme ils le font à travers leurs mélodies.

Quand nous entrons dans le luxueux cinq étoiles, je détache une seconde ma bouche de la sienne pour commenter :

– Joli hôtel.

Il murmure à quelques millimètres de mes lèvres :

– Dommage, tu n'auras pas l'occasion de visiter autre chose que le lit.

Je souris, malicieuse. Je n'ai pas le temps de répondre qu'il me pousse déjà dans l'ascenseur. Il dépose son étui à guitare par terre et, la seconde d'après, ses mains sont partout sur ma robe, ma taille, mes fesses…

L'ascenseur interrompt sa montée au quatrième. Un homme essaie d'entrer, mais mon musicien l'en dissuade d'un ton autoritaire :

– N'y pense même pas, mon gars.

Puis il retourne à ses occupations : embrasser mon cou, peloter mes fesses, glisser une main sous ma robe. Interloqué, le client reste sur le palier. Je me sens un peu mal pour lui, surtout que sa montre est une contrefaçon, mais étant la proie consentante de mon bel inconnu, je ne peux – ni ne veux – rien faire pour lui.

La cabine grimpe et s'arrête enfin au sixième. Mon musicien me tire par la main et m'entraîne en courant dans le couloir moquetté rouge carmin. Devant la porte de sa chambre, il me lâche pour chercher sa carte magnétique. Il grogne en l'insérant à plusieurs reprises dans la fente sans succès. Le déverrouillage fonctionne enfin au troisième essai.

– Ma robe est plus facile à ouvrir, ironisé-je alors qu'il me fait signe d'entrer dans la chambre d'un geste signifiant « après vous ».

– Tu es définitivement parfaite.

Il referme la porte derrière nous avec empressement tout en me dévorant des yeux. Je m'avance lentement dans la chambre qui est en fait une suite. Mes talons résonnent sur le plancher lustré. Mon inconnu m'observe avec intensité, détaille chaque mouvement, chaque courbe de ma silhouette. La tension dans l'air est électrique.

Il s'approche de moi avec une assurance à laquelle je ne peux résister. Sa main trouve délicatement le chemin de ma nuque, tandis que l'autre glisse le long de ma hanche. Son regard scrute le mien, comme s'il cherchait à lire mes pensées. Nos lèvres se rejoignent à nouveau dans un baiser passionné. Cette fois-ci, c'est différent. Je ressens une harmonie indéfinissable.

Il dézippe lentement ma robe, révélant la peau délicate en dessous. Ses mains explorent chaque centimètre avec une tendresse experte, laissant naître des frissons sur ma peau.

Fiévreux, il murmure comme pour lui-même :

– Je savais que tu étais spéciale dès le moment où nos regards se sont croisés. Je le savais même avant ça.

Alors que je fonds sous ses caresses, je trouve la force de répliquer :

– Comment pouvais-tu le deviner avant de me voir ? Ou alors, tu m'avais déjà repérée ?

Ses mains s'immobilisent en bas de ma colonne vertébrale. Je ne vois pas son visage, mais je perçois son hésitation. Il met une seconde de trop à me répondre. Est-ce notre rapprochement physique qui le trouble ? Ou quelque chose l'a fait tiquer dans notre conversation ?

Finalement, il déclare dans mon oreille :

– Certains moments sont comme des partitions écrites à l'avance, mais d'autres… d'autres sont improvisés. Comme cette nuit.

Rassurée, je comprends qu'il avait simplement besoin de trouver les bons mots. Il est le genre d'homme à peser ses paroles. Des paroles parfois profondes et énigmatiques qui m'hypnotisent. Il n'a pas le même discours bien rodé que les autres.

Avec appétit, nous nous déshabillons l'un l'autre avant qu'il nous fasse basculer tous les deux sur le lit. Cependant, alors que nous changeons de position avec une certaine frénésie, je heurte malencontreusement la table de chevet. Le vase Ming posé dessus, reconnaissable à sa porcelaine bleue et blanche, commence à vaciller dangereusement. Mes yeux s'écarquillent dans un moment de panique, mais il est déjà trop tard. Le vase glisse de son perchoir et tombe dans un fracas qui interrompt notre élan passionné. Mon regard croise celui de l'inconnu, oscillant entre la surprise et une pointe d'amusement.

Allongé au-dessus de moi, il rompt le silence d'un rire taquin :

– As-tu idée du sacrilège que tu viens de commettre ?

J'arque un sourcil.

– Remarque osée pour un homme qui vient de balancer ma robe Jacquemus à 780 euros par terre.

Il secoue la tête, les yeux rieurs.

– Tu as détruit un vase Ming. C'est plus grave. Beaucoup plus grave. Est-ce que tu sais qu'un modèle du XV^e^ siècle s'est déjà vendu pour 168,5 millions de dollars ?

Je déglutis et je dois même sûrement pâlir parce qu'il s'interrompt pour me dévisager avec attention.

– Je suis en train de casser l'ambiance ? s'inquiète-t-il.

Mes lèvres s'étirent dans un sourire confiant.

– Au contraire… J'aime que tu me parles des vases Ming. Je trouve ça particulièrement excitant.

Ses yeux plongent dans les miens.

– Définitivement. Parfaitement. Parfaite.

Il embrasse mon cou, puis sa langue glisse de mon lobe à ma clavicule. Alors que je me laisse porter par les sensations qu'il me procure, il redresse subitement la tête pour ajouter en me regardant dans les yeux :

– Définitivement parfaitement parfaite, excepté, bien sûr, cette manie de tuer des vases Ming à plusieurs centaines de milliers d'euros.

– Arrête, gloussé-je. Celui-là valait bien moins que ça !

Voilà que je me mets à rire comme une niaise, je n'arrive pas à y croire !

– Assassine.

– Menteur.

Il lève un sourcil, affichant un sourire joueur.

– Menteur, moi ? Jamais. Je préfère dire que je suis un expert en embellissement de la vérité. C'est bien plus élégant, tu ne trouves pas ?

Son regard pétillant trahit la malice qui se cache derrière ses paroles.

Mon rire s'évanouit sur sa bouche qu'il vient de plaquer sur la mienne, comme soudain pressé de me posséder. *Et d'écourter la conversation ?*

En tout cas, je n'y trouve rien à redire.

***

Nos langues se mêlent. Nos doigts s'entrelacent. Nos soupirs se répondent.

Et enfin, nos corps s'imbriquent.

Alors que nos bassins bougent en rythme, il m'explique, entre deux soupirs :

– Pour authentifier une porcelaine Ming, il faut l'observer à la lueur du jour… ou d'une torche…

Ses doigts parcourent ma peau, comme s'il traçait les contours délicats d'une pièce Ming, décuplant mon plaisir.

– … en la chauffant à une température extrême…

À ce moment précis, j'imagine très bien cette fameuse chaleur intense que doit endurer la pauvre porcelaine bleue et blanche.

– Elle subit un processus de vitrification…

Au fur et à mesure que le plaisir monte, ses phrases sont de plus en plus hachées et sa voix, de plus en plus rauque.

– … qui permet de laisser filtrer la lumière.

Je resserre mes doigts sur ses hanches alors que je sens mon cœur battre dans mes oreilles.

– Ça vaut une fortune, conclut-il. Tu es une très mauvaise fille de l'avoir cassé.

Et, tandis qu'il accélère le rythme et l'intensité de nos ébats comme pour me punir, je ne suis plus certaine d'être désolée.

***

Je sais que je me réveille à l'Hôtel de l'Étoile d'Or, mais la chambre est plongée dans la pénombre à cause des épais rideaux. Même si j'ignore combien de temps j'ai dormi, je suis sûre que la journée est bien entamée. Je ne me redresse pas tout de suite. Je veux encore profiter du moment, sentir mon corps engourdi et me rappeler pourquoi. Dès que je me serai levée, la nuit sera définitivement terminée.

Je n'ai pas besoin de vérifier pour savoir que mon musicien sexy n'est plus là. C'est mieux comme ça. Qu'est-ce qu'on aurait bien pu se dire après la soirée torride qu'on a passée ? Nos ébats méritent mieux que des banalités.

Je m'étire dans les draps encore tièdes. Mes quadriceps se réveillent. J'esquisse un sourire et une bouffée de chaleur m'envahit. Que c'était bon !

Je sens que mes lèvres sont un peu gonflées, vestiges des assauts de sa bouche.

En posant le pied sur le parquet en bois massif, je grimace de douleur. J'allume la lampe qui éclaire les débris du vase Ming sur lesquels je viens de marcher. Oups ! Mes yeux se posent alors sur le lit. Là où dormait mon bel inconnu, je reconnais son étui à guitare. Un Post-it a été collé dessus.

*Garde ça précieusement pour moi.*

Je pose mes mains sur l'étui. S'il voulait être certain que je pense à lui, c'est réussi. Est-ce que ça signifie qu'il s'attend à ce qu'on se revoie ? Est-ce que j'en ai envie ? J'aimais bien l'idée que cette nuit reste hors du temps…

Curieuse de voir cet instrument, je fais glisser la fermeture et ouvre l'étui de cuir.

Pas de guitare !

Seulement un grand rouleau étrange. Je passe mes doigts manucurés sur la surface. Ce n'est pas du papier, ce n'est pas de la tapisserie, c'est… de la toile.

Intriguée, je la déroule et reconnais tout de suite la peinture : une reproduction d'un célèbre tableau de Léopold Cahun. *L'Appartement de jalousie*.

Je ne suis pas une amatrice d'art comme se revendiquait mon inconnu, mais cette œuvre me parle. Réalisée par un Français au début du XIXe siècle, elle représente une femme noire, assise sur un lit dans un appartement parisien. À l'époque, les peintres représentaient les femmes noires dans des vêtements exotiques, les seins nus et les muscles très apparents. Celle-ci, non. Elle tient le premier plan et, pour une rare fois dans l'histoire de l'art, ce n'est pas une nourrice ou une servante. Celle-ci échappe à ces stéréotypes.

J'ai toujours aimé ce tableau. Seulement, comment mon musicien aurait pu le savoir ? Il ne pouvait pas non plus savoir qu'il allait rencontrer une femme noire et passer une partie de la nuit avec elle alors qu'il avait justement cette toile dans son étui… Troublée par ces coïncidences, je sors mon portable et fais une recherche en tapant : « Appartement de jalousie ». Peut-être qu'en approfondissant mes connaissances, j'y verrais un message caché ?

Mais avant même de trouver la page Wikipédia, les actualités m'explosent à la figure.

Mon musicien n'est pas un musicien.

Le tableau n'est pas une reproduction.

C'est la toile originale qui a été démontée de son châssis.

Volée.

Et je commence à comprendre que je me suis fait baiser. Dans tous les sens du terme.

# CHAPITRE 5
# JIMMY CHOO

Dans le flot d'informations numériques qui défile sur l'écran de mon portable, je choisis un article au hasard.

---

**La nuit au musée vire au cambriolage.**

***L'Appartement de jalousie*** (photo ci-contre), l'emblématique tableau de ***Léopold Cahun*** a disparu du prestigieux ***musée de l'Éclat moderne*** où il était exposé.

Selon les premiers éléments de l'enquête, l'illustre œuvre d'art aurait été subtilisée par un tour de force, dans des conditions encore inexpliquées. Néanmoins, une statuette, reproduction d'une œuvre de Rodin intitulée ***L'Ombre***, a été retrouvée sur place et laisse peu de doutes quant à l'identité du coupable. En effet, les médias ont depuis quatre ans donné ce surnom à un illustre voleur d'art qui a déjà dérobé au moins cinq autres œuvres iconiques d'une valeur totale de plusieurs millions d'euros. Dès son deuxième vol, l'Ombre a signé ses méfaits avec cette statuette, comme un clin d'œil aux journalistes et un pied de nez à ses détracteurs. Aujourd'hui, le voleur est presque aussi légendaire que les peintures qu'il vole et continue de laisser les autorités perplexes quant à ses méthodes.

Le mystère qui entoure l'Ombre semble éclipser même les chefs-d'œuvre volés.

Mais où s'arrêtera l'Ombre ? Et qui pourra la stopper ?

Wilfried Deshaies.

---

Des articles comme celui-là, il y en a à la pelle. Évidemment, j'ai déjà entendu parler de ce célèbre voleur. Comme tout le monde. Mais « tout le monde » n'a pas salivé d'admiration sur son CV et encore moins léché ses abdos.

Enfin, je crois !

Plus j'y réfléchis, plus j'ai l'impression de m'être fait avoir en beauté.

C'est comme ça que l'Ombre s'en sort à chaque fois ? En confiant l'œuvre à une parfaite inconnue, le temps que les choses se calment ? Une inconnue qu'il aurait séduite et choisie selon des critères bien spécifiques de sorte qu'il soit convaincu qu'elle n'ira pas voir les flics ? Il est tellement sûr de ses charmes qu'il doit nous croire incapables de le trahir mais, juste au cas où, il jette son dévolu sur des nanas qui ont un casier judiciaire. Genre, une voleuse qui a déjà eu affaire aux autorités et qui a toutes les raisons d'apprécier particulièrement le tableau !

J'allume le grand écran plat de la chambre d'hôtel. Comme je m'y attendais, toutes les chaînes d'infos sont en boucle sur le vol de la toile. Mes yeux font des allers-retours entre la peinture à l'écran et la toile étalée sur le lit à côté de moi.

Le choc et la gueule de bois me rendent bavarde. Je me mets à parler à la femme du tableau :

– Et si j'allais voir la police, hein ? Qu'est-ce que je pourrais bien leur dire quand ils me demanderont des renseignements sur lui ? Attends, imagine un peu…

Je prends une grosse voix, imaginant le stéréotype du flic à moustache qui a mangé trop de donuts.

– « Son prénom, mademoiselle Diaby ? »

J'adopte un visage innocent et me réponds :

– « Pas pensé à le lui demander. » Et là, ils enchaîneront « Vous connaissez au moins son nom ? Son travail ? Son âge ? Son adresse ? Le modèle de sa voiture ? », et comme une idiote, je dirai : « Aucune idée. Mais je sais qu'il aime la levrette ! »

Je me fusille du regard à travers le miroir en pied :

– « Merci, mademoiselle Diaby, votre aide nous est vraiment très précieuse. On va tout de suite lancer un avis de recherche Interpol. Signalement du suspect : aime la levrette. »

Dépitée, je plonge dans les yeux de la femme sur la peinture avec désespoir.

– Toi qui sembles intelligente, tu penses vraiment qu'ils vont gober qu'après avoir pris tous les risques pour piquer cette œuvre, le voleur le plus recherché au monde l'a refilée en cadeau à la première femme qu'il a mise dans son lit ?

Putain, même Fabrice ne me croirait pas !

Il faut que je me reprenne. Gérer les situations de crise, c'est mon domaine d'expertise. Alors, j'arrête de paniquer et de parler à une peinture, et je réagis ! Première étape : appeler Rafael.

Mon meilleur ami décroche à la deuxième sonnerie.

– Salut, ma belle. Alors, satisfaite de ta soirée ?

Rafael est majordome dans un hôtel de luxe semblable à celui-ci. C'est d'ailleurs lui qui m'a soufflée où je pourrais trouver une Rolex Submariner Date Or Gris, hier soir. Cependant, pas le temps pour les remerciements, je le coupe :

– Tu ne devineras jamais ce que j'ai trouvé dans ma chambre d'hôtel au réveil !

– T'as trop picolé hier soir ou quoi ? Tu te souviens à qui tu parles ? Je te rappelle qu'une fois, j'ai trouvé un ministre attaché à un lit baldaquin et un anaconda dans un dressing ! Personne ne peut faire mieux que ça.

– Si, moi.

– Qu'est-ce que t'as trouvé ? se marre-t-il.

J'ai une pointe d'hésitation. Rien à voir avec un manque de confiance, je le connais depuis mon enfance et il ne m'a jamais trahie. Il est l'unique lien avec ma vie d'avant, celle où je n'avais rien, ni beaux vêtements, ni décoration dans ma chambre, ni jeux superflus. Non, justement, peut-être parce qu'il est l'une des seules personnes auxquelles je tiens aujourd'hui avec mon père, j'hésite à l'impliquer dans cette affaire… Seulement, je sais que je ne pourrai pas m'en sortir sans lui.

– Je peux pas te le dire au téléphone, déclaré-je finalement.

J'entends du raffut derrière lui.

– Allo, Rafael ? Tu m'entends ? Qu'est-ce qui se passe ?

– Désolé. Je vais devoir raccrocher, les flics sont là.

– Quoi ? Pourquoi ?

– Ils font une descente dans tous les hôtels de luxe dans un rayon de 20 kilomètres du musée de l'Éclat moderne. Apparemment, ils sont sur la piste de l'Ombre et du tableau volé. Je ne sais pas d'où ils tiennent ce tuyau. À mon avis, c'est de la connerie ! Toujours est-il que ça fout un bordel pas possible. Nos clients *suuuper* friqués et *suuuper* importants n'apprécient pas du tout qu'on les traite comme des voleurs. Ils crient au scandale.

Je m'étrangle à l'autre bout du téléphone :

– Tu as dit TOUS les hôtels à proximité du musée ?

Tout en parlant, je me dirige vers la fenêtre de la chambre. Et je raccroche.

En bas, deux véhicules dénotent avec les luxueuses voitures garées sur le parking privé. Ils s'arrêtent au milieu de la rue, puis cinq hommes en uniforme en sortent. Plus de temps à perdre, il me faut une idée. Et vite !

J'enfile ma robe rouge de la veille. Hélas, elle est plus facile à enlever qu'à mettre. Et hier soir, j'avais de l'aide… Quelques minutes plus tard, j'enroule la toile, la range dans l'étui à guitare et quitte la chambre, mon sac sous le bras. D'un pas pressé, mais assuré, je regagne l'ascenseur.

Dans la cabine, je convoque mes souvenirs et mon sens infaillible de l'observation. Des flashs me reviennent.

… Le type du quatrième qui voulait prendre l'ascenseur avec sa montre de contrefaçon…

… Le gars à la réception qui nous a à peine regardés quand on est entrés dans le hall, trop occupé qu'il était à passer le niveau 986 de *Candy Crush*…

… Le vieux monsieur en pyjama qui devait faire des insomnies et qui…

Jackpot ! Je fais un dernier effort de mémorisation pour visualiser la clé qu'il avait dans la main… Chambre 512 ! Sans tergiverser davantage, je m'arrête au cinquième étage et rejoins directement la chambre en question. Je frappe fort. Je ne suis pas sûre que le vieux entende bien étant donné son âge et puis, il serait capable de faire la sieste comme il a mal dormi la nuit dernière !

Un bonhomme ensommeillé vient m'ouvrir en pyjama rayé. Je remarque qu'il grimace. Sa jambe plâtrée le fait souffrir. J'entre d'autorité dans la pièce en affichant mon plus beau sourire.

– Bonjour, monsieur. Je suis la responsable de l'étage. Je viens vous informer que les autorités procèdent à un contrôle dans l'hôtel. Je vous présente toutes nos excuses pour ce désagrément. Peut-être souhaitez-vous vous habiller ?

Docilement et en boitillant, l'homme acquiesce et rejoint sa chambre. Dès qu'il me tourne le dos, j'en profite pour lui piquer les béquilles qu'il a laissées contre un mur dans l'entrée. Je dévisse la poignée de l'une d'elles. À l'intérieur, je glisse le rouleau de toile que je viens de retirer de l'étui à guitare. J'assemble à nouveau les deux parties de la béquille.

Je pique un chausson au vieux monsieur et lui laisse en cadeau l'étui à guitare vide et mon escarpin gauche. Des Jimmy Choo Bing 100 à 850 euros.

Ce connard d'Ombre va me le payer !

***

J'ai enveloppé mon pied gauche dans le chausson trop grand que j'ai rembourré de papier journal pour faire croire à un bandage épais. Soutenue par les béquilles, je peux faire ma grande entrée dans le hall majestueux de cet hôtel étoilé.

Deux officiers sont postés en faction devant la porte à tambour. Non loin d'eux, un autre est en pleine discussion avec le réceptionniste, le même que cette nuit. Dans le salon, des clients fortunés se plaignent du remue-ménage, du manque d'oreillers ou de la vue sur le canal gênée par le brouillard. À mon avis, ce qui gâche le décor, ce sont ces uniformes de police immondes qui ne se marient pas du tout avec les installations florales et les tapisseries flamandes.

J'avance sur le marbre et me poste juste au-dessous du lustre majestueux en forme de gâteau de mariage à l'envers, création d'Alberto Dona. Réalisé en verre de Murano, il nous offre une lumière parfaite.

Allez, action !

Je m'adresse aux policiers.

– Messieurs, j'ai croisé deux de vos collègues dans le couloir. Je leur ai suggéré de fouiller ma chambre en priorité. J'ai un rendez-vous à l'hôpital pour ma blessure, je ne peux pas être en retard. Puis-je m'en aller maintenant ?

– Attendez, madame. Vous étiez dans quelle chambre ?

Il se retourne vers le réceptionniste, mais je m'empresse de répondre à sa place.

– J'étais dans la chambre 623. Monsieur doit s'en souvenir, sauf s'il était trop occupé à essayer de passer le niveau 986 de *Candy Crush*.

Pris en faute, le réceptionniste pique un fard et tente de se racheter :

– Oui, oui, bien sûr. Je me souviens très bien de Madame.

L'un des policiers vérifie *via* son talkie-walkie que la chambre a bien été inspectée et me laisse passer en s'excusant.

– Au fait, vous devriez dire à vos collègues d'être un peu moins brusques dans leurs fouilles. Ils ont cassé quelque chose dans la chambre. J'ai entendu un fracas pas possible depuis le couloir.

Je pivote vers le réceptionniste.

– J'espère que ce n'était pas le vase Ming. Voilà un véritable chef-d'œuvre ! Le décorateur d'intérieur a fait un travail fabuleux dans cet hôtel.

Je sors, aussi triomphante et élégante qu'on peut l'être en béquilles et chaussée de façon dépareillée. Et dire qu'il me reste encore à aller récupérer ma voiture dans cet accoutrement… Me voilà à devoir traverser la ville jusqu'au parking de L'Obsédant où je l'ai laissée hier soir pour suivre cet inconnu.

Ce n'était décidément pas la meilleure idée que j'ai eue !

## CHAPITRE 6
## OMEGA

En faisant l'acquisition de cet appartement, j'ai pu cocher un de mes objectifs des dix prochaines années. Il ne me reste plus qu'à bâtir un empire avec ma propre marque de luxe et à sortir avec Ryan Gosling. *Et donc à me débarrasser d'Eva Mendes.*

Mon petit bijou immobilier est situé au dernier étage, possède un minuscule balcon qui a le mérite d'exister, une cuisine digne de ce nom et une salle de bains assez vaste pour pouvoir me servir de ma brosse à cheveux comme d'un micro afin d'imiter Beyoncé les yeux fermés. Cette chanteuse, que dis-je, cette icône de la pop, n'est pas seulement mon modèle féminin, c'est aussi, en quelque sorte, ma maman de substitution. De toutes les candidates potentielles que je pouvais admirer dans les séries, les films ou les magazines, c'est la seule qui ne m'a jamais déçue !

À peine entrée, je ferme à double tour et me pose dans mon canapé pour enfin me débarrasser de cette affreuse chose à mon pied gauche. Je jette le chausson avec le papier journal et enlève mon escarpin. *Pauvre petit survivant, tu ne retrouveras jamais ton âme sœur...*

Un bruit sourd me fait sursauter.

Je crois que ça vient de la cuisine. Le cœur battant, je me saisis d'une des béquilles et la tiens au-dessus de ma tête. Comme si j'avais dans les mains une batte de baseball, je me tiens prête à frapper la balle ou en l'occurrence, le crâne d'un intrus.

J'avance à pas feutrés, puis cesse ma progression et hurle à pleins poumons en découvrant quelqu'un devant mon frigo.

Il crie plus fort que moi.

Enfin, je le reconnais : une grande taille qui donne l'impression qu'il touche le ciel, une silhouette presque maigre, des cheveux noirs coupés très court et enfin, une Omega clinquante à son poignet, montre suisse d'une valeur de 6 000 euros, que je lui ai offerte pour son vingt-cinquième anniversaire et dont il ne se sépare jamais...

– Rafael ! Mais qu'est-ce que tu fais là ? J'ai failli avoir une crise cardiaque !

Il a posé une main sur son cœur et halète difficilement.

– Moi, j'ai failli me faire assommer ! C'est pire, non ?

– Mais comment tu es entré ?

– La clé de secours que tu caches derrière l'extincteur dans le couloir. T'as dit qu'en cas d'urgence, je pouvais m'en servir.

Mon regard passe de lui à la porte ouverte de mon frigo.

– Et c'est quoi l'urgence ? Tu avais faim ?

Il se gratte la nuque, mal à l'aise.

– Tu sais bien que je bouffe quand je stresse ! Et tu m'as foutu la trouille avec tes histoires ! Attends, tu me dis que tu trouves un truc dingue dans ta chambre d'hôtel, tu paniques et puis tu me raccroches au nez. Évidemment que je me suis inquiété ! Tu ne paniques jamais ! Alors je suis venu voir en personne.

Je songe enfin à abaisser mon arme de fortune.

Je secoue la tête et tente de masquer mon sourire amusé.

– Bon. Maintenant que le frigo est ouvert, sers-nous à boire. Je vais te raconter.

Je fais demi-tour, puis je l'entends dire dans mon dos :

– C'est quoi cette béquille ? Tu t'es blessée ?

Je lève les yeux au ciel.

– Sers-nous à boire et rejoins-moi dans le salon !

Pendant que je dévisse mon arme de fortune, Rafael dépose deux verres de jus d'orange sur la table basse. Vraiment ? Entre ça, le Dom Pérignon 2013 et la téquila, c'est ce qu'il a choisi ? Il n'est peut-être pas encore midi, mais quand il aura découvert ce que je suis en train de sortir de la béquille, il aura besoin d'un truc plus fort ! D'ailleurs, il écarquille grand les yeux pendant qu'à quatre pattes, je déroule la toile sur le tapis duveteux.

Rafael reste sans voix un bon moment.

– Est-ce que c'est… ?

– *L'Appartement de jalousie*. Oui.

– Le tableau qui a été… ?

– Volé par l'Ombre à l'Éclat moderne. Oui.

– Merde.

– Je suis dans la merde. Oui.

Rafael s'affale sur le canapé, les yeux rivés sur le tableau étalé devant lui. Pour la première fois depuis ma sortie de l'hôtel, je prends le temps d'étudier la toile avec plus d'attention, fascinée.

Je murmure presque pour moi-même :

– Tu te rends compte que cette peinture a été réalisée au XIXe siècle ? Elle a pas pris une ride, c'est incroyable. Tu as vu toutes ces couleurs vives et les petits détails minutieux, là ? On peut même voir les coups de pinceau, regarde ! Leopold Cahun était une sorte d'avant-gardiste pour son époque. Un genre de rebelle, tu vois… J'avais jamais été dans ce musée, mais j'ai toujours été admirative de son travail.

Rafael reste muet. Il est trop tôt pour qu'il partage mon émerveillement. Il n'a pas encore eu le temps de se remettre du choc de cette découverte et de ce qu'elle implique. Je comprends.

Il secoue la tête, incrédule.

– Keyah, tu veux bien m'expliquer comment tu t'es retrouvée avec une œuvre d'art volée dans ton salon ?

Je lui lance un regard pénétrant, puis lève les mains, paumes ouvertes vers lui, marque de mon innocence.

– Déjà, sache que je ne l'ai pas volée.

Il lève un sourcil, sceptique.

– Je t'assure ! Et je ne vais pas la garder !

– Ah ouais ? Et comment tu comptes t'en débarrasser ? Tu as prévu de la rendre à la police ?

Je soupire, puis me laisse tomber sur le canapé à côté de lui.

– On sait tous les deux que je ne peux pas impliquer la police là-dedans.

Je n'ai jamais rien caché à Rafael. Il a été à mes côtés à toutes les étapes de ma vie : voisin, ami, confident… Lorsque sa mère est décédée d'un arrêt cardiaque, peu de temps après la mienne, nous ne nous sommes plus lâchés. Peut-être qu'il supporte tous mes délires simplement parce qu'il est reconnaissant du soutien que je lui ai apporté durant cette période. Mais l'aider à surmonter sa douleur m'a surtout permis d'aller mieux moi-même.

– Ce n'est pas un simple vol, avoué-je. C'est une affaire compliquée…

Je prends une profonde inspiration avant de lui raconter toute l'histoire, depuis le début. Il m'écoute avec attention, oscillant entre l'amusement et l'inquiétude.

À la fin de mon résumé, il souffle exagérément.

– Tu sais, Keyah, j'ai l'habitude de tes histoires farfelues, mais là, tu viens de prendre la première place sur l'échelle des « Conneries de Keyah ». Bravo.

Je lui lance un regard faussement offensé.

– Oh, n'exagère pas. Il y a eu des moments bien pires, non ? Franchement, rien ne sera aussi mémorable que…

Je croise son regard complice et nous terminons en chœur :

– … la vieille voiture abandonnée !

– Qui n'était pas si abandonnée, ajoute Rafael sur un ton coupable.

– Oh, arrête, personne ne l'avait plus vu rouler depuis une éternité ! D'ailleurs, tu n'as jamais réussi à la retaper. Je croyais vraiment que tu en étais capable… Mais non. Elle nous a lâchés au bout de trente bornes au milieu des champs du Poitou-Charentes.

Il me jette un coussin en pleine tête.

– Hé, je te rappelle que c'était ton idée ! C'est toi qui m'avais persuadé que je pouvais la réparer, simplement parce que j'avais vu mon père bricoler deux-trois voitures. Tu m'avais même dit que je pouvais la conduire !

– Hum, non, mais elle était vraiment dans un trop sale état…

– Qu'est-ce qui te fait dire ça ? Les vitesses impossibles à passer ou les virages que j'ai dû négocier comme si j'étais Sébastien Loeb ? On a même perdu un rétroviseur tellement on est passés près de ce camion. Pire, on allait directement sous ses roues ! Je n'aurais jamais dû te suivre dans cette mission-suicide !

Rafael se mord la lèvre pour s'empêcher de rire, mais je ne m'arrête pas en si bon chemin :

– N'empêche que tu as adoré ça, avoue-le ! Tu ne t'es pas fait prier pour conduire jusqu'à Paris alors que nous devions avoir quoi ? Allez, à nous deux réunis, disons… six heures d'auto-école comme expérience de conduite ? Quels génies du crime, on faisait !

Nous explosons de rire. J'en ai les larmes aux yeux ! Enfin, je lâche toute la tension accumulée depuis ce matin. Ça fait du bien. Il n'y a qu'avec Rafael que je m'autorise vraiment à me laisser aller de cette manière.

Alors que nous recouvrons notre calme, il déclare avec une pointe de nostalgie :

– Et finalement, on l'a fait. On a fini par atteindre Paris, cette ville qui nous a toujours fait rêver, et on a posé nos valises…

J'acquiesce, émue de me remémorer le chemin que nous avons parcouru ensemble. Nous avions décidé de nous inscrire dans la même école d'hôtellerie. On ne visait pas seulement Paris, on voulait entrer dans le monde du luxe. L'inscription était chère et pour ne pas effrayer nos pères respectifs, nous avions menti sur les tarifs. Je volais déjà un peu à l'époque et cet argent nous a permis de payer la différence. Pour finir, on s'en est plutôt bien sortis lui et moi : Rafael a obtenu une place de concierge au Palais des songes et je suis devenue hôtesse dans des soirées de luxe. C'est déjà beaucoup mieux que ce que pronostiquaient nos professeurs et nous n'avons pas encore trente ans !

Ses yeux contemplatifs dirigés vers la toile étendue devant nous, Rafael s'inquiète :

– Tu ne penses pas que tu joues avec le feu, là ? Cette Ombre, c'est pas n'importe qui. Et le monde de l'art, c'est pas un terrain de jeu sans dangers, Keyah.

– Je sais.

Je n'ai rien à ajouter. Il a raison, comme d'habitude.

Je ne peux pas remonter le temps et changer ce qui s'est passé. Pour être honnête, si je pouvais revenir en arrière, je ne suis même pas certaine que j'effacerais cette nuit avec l'Ombre. Enfin, je changerais quand même quelques détails, comme cette toile ! Mince, pourquoi je me suis endormie ? J'aurais dû repartir avec mes deux Jimmy Choo et le laisser se dépatouiller avec sa fausse guitare !

Soudain, mes pensées sont interrompues par la sonnette de mon appartement.

Quoi, encore ?

# CHAPITRE 7
# LOUIS VUITTON

D'un doigt posé sur ma bouche, j'intime à Rafael de ne plus faire un bruit. Je ne tiens pas à ouvrir ma porte à qui que ce soit avec une peinture de renommée mondiale, recherchée dans toute la capitale, étalée par terre dans mon salon.

Des pas s'éloignent de ma porte. Ouf ! Le visiteur est parti.

Je me mets à rire nerveusement.

– J'ai bien cru que j'allais devoir organiser une visite guidée dans mon appart !

– Je ne suis pas prêt à…

Rafael cesse tout mouvement quand le son caractéristique d'une clé qu'on tourne dans la serrure se fait entendre. Pris au piège, nous échangeons un regard de détresse. Pas le temps de cacher la toile, la porte s'ouvre déjà…

– Keyah ?

Le souffle coupé, je découvre mon père qui s'avance sur le palier. Il a plus de cinquante ans, mais très peu de rides sur le front, sauf quand il est stressé, comme maintenant. Qu'est-ce qui se passe ? La situation est inédite : les rides qui auraient dû s'accrocher à son visage ont migré vers ses mains, avec lesquelles il conduit son bus depuis plus de trente ans. Il est vrai qu'il a l'habitude de se plaindre de son dos et de son siège inconfortable, mais je crois que l'embonpoint qui s'est installé dernièrement sur son ventre y est peut-être pour quelque chose. Il ferait mieux de chercher du côté de la cuisine de sa nouvelle compagne, Yasmine… Il ne peut s'empêcher de me parler d'elle et de ses bons petits plats, malgré mes manœuvres évidentes pour détourner la conversation de cette femme que je n'ai pas envie de connaître.

– Papa ! Je t'ai déjà dit d'appeler avant de passer à l'improviste, râlé-je avec un regard anxieux vers la toile.

Est-ce que j'ai encore le temps de me précipiter dessus pour la cacher ? Il se fait vieux, sa vision pourrait commencer à lui jouer des tours !

Ses visites-surprises sont presque devenues une routine. Et la plupart du temps, ce sont de bonnes surprises, d'autant plus qu'il n'utilise pas la clé de secours. Il faut croire que c'est le jour où tout le monde a décidé de s'en servir ! En découvrant le visage familier de Rafael dans mon salon, mon père affiche un sourire de façade. Est-ce qu'il a de nouveaux problèmes liés à son addiction aux jeux de casino ? Après tout, il faut que l'affaire soit grave pour qu'il rentre ainsi chez moi quand je ne réponds pas.

Je sais qu'il ne voudrait pas que mon ami d'enfance soit au courant de ses problèmes. Il aurait peur de le décevoir et d'être jugé, bien qu'en vérité, Rafael sache déjà tout. Et rien de ce que mon père pourrait faire ne changera son affection pour lui.

– Bonjour, Malik ! Comment allez-vous ?

Mon meilleur ami se lève et vient à la rencontre de mon père en enjambant maladroitement la toile. Il me lance un regard perdu que j'interprète comme « On fait quoi, maintenant ? On fait mine de rien en espérant que ton père ne remarque pas *L'Appartement de jalousie* qui sert de paillasson dans ton salon ? ».

Ils se serrent la main, mais la diversion est de courte durée. Le malaise de Rafael est palpable, ce qui incite mon père à chercher ce qui ne va pas. Au moment où ses yeux se posent inévitablement sur la toile, sa bouche forme un O parfait. Il lui faut quelques instants pour encaisser le choc et retrouver l'usage de la parole.

– Qu'est-ce que tu as encore trafiqué, Keyah ? grince-t-il d'une voix plus grave et vibrante que d'habitude. Cette fois-ci, c'est du sérieux, non ?

Il oscille entre la colère et l'angoisse.

– Je vais y aller, Keyah, interrompt Rafael, gêné par la tournure que prend la situation.

Je me ressaisis et le raccompagne à la porte pendant que mon père se prend la tête entre les mains en marmonnant.

Avant de sortir, Rafael me chuchote à l'oreille :

– Ne fais rien sans m'en parler avant, s'il te plaît, Keyah. Promis ? Et essaie de savoir ce que voulait ton père. Il n'avait pas l'air bien en arrivant. C'est sûr que voir ce tableau volé n'a pas arrangé les choses !

J'acquiesce.

– Je te rappelle dès qu'il s'en va, promis.

Il m'embrasse sur la joue, je verrouille la porte derrière lui et laisse la clé dans la serrure. Ça suffit, les visites-surprises !

En retournant dans le salon, je constate que l'état de mon père ne s'améliore pas. Ce n'est pas de lui que je tiens mon self-control…

– Papa, calme-toi. Je n'ai rien fait de mal. C'est compliqué, mais tu dois me faire confiance, dis-je en m'asseyant sur le canapé en face de lui.

Affalé dans mon fauteuil, il croise les bras avec méfiance.

– Rien fait de mal ? Regarde ce tableau ! C'est le Cahun qui passe partout sur les chaînes d'infos, non ? Le tableau qui a été volé dans un musée !

J'inspire profondément, préparant mes mots avec soin.

– *L'Appartement de jalousie*, papa, oui, c'est bien lui. Écoute, je ne l'ai pas volé. Je te le jure. Je suis tombée dessus d'une manière… très étrange. Et crois-moi, je n'en suis pas fière.

Il ne réagit pas, les yeux perdus dans le vague, comme absorbé dans ses souvenirs. On dirait qu'il ne m'a pas entendue. De toute évidence, il ne croit pas un traître mot de ce que je viens de dire.

– N'essaie pas de m'embobiner, ma fille ! Je sais ce que tu es capable de faire. Qui a dû venir te chercher au commissariat la dernière fois que tu avais volé un truc cher ? D'ailleurs, ça t'a valu un casier judiciaire !

Ce « truc cher » était en fait un magnifique manteau Louis Vuitton en soie et laine mélangée, un truc *vraiment très* cher donc, mais ce n'est pas le moment de chipoter.

– C'était il y a des années, papa. J'ai grandi. Les choses ont changé.

Ses yeux se posent sur le portemanteau décoratif juste derrière moi. Oui, bon, hors de question d'abandonner un joyau à 3 000 euros !

Et puis d'ailleurs, je me retiens de préciser que c'est parce que je ne me fais plus prendre, aujourd'hui.

Fataliste, mon père rétorque :

– Visiblement, pas assez. De toute façon, je ne me suis jamais fait d'illusions. Je savais que tu continuerais à voler. C'est plus fort que toi depuis que tu es gamine. C'est comme une addiction. Et j'en connais un rayon, côté addictions…

Je n'ai même pas le temps de le rassurer qu'il commence son sempiternel monologue :

– Tout ça, c'est ma faute, je n'aurais jamais dû t'apprendre ces tours de magie et ces trucs de mentaliste quand tu étais petite. Et puis, avec mes problèmes de jeux, je n'étais pas un bon exemple. Pas assez présent pour toi. Si ta mère avait été encore en vie, tu ne serais pas devenue une criminelle.

– Je ne suis pas une criminelle, papa ! m'offusqué-je.

Ses yeux accusateurs vont de la peinture à moi.

– Ah oui ? Et comment tu penses arranger ça, alors ? Par magie ?

Oui ! J'ai envie d'embrasser mon père, c'est un génie ! Je viens d'avoir une révélation, je sais ce que je dois faire. Comme dans un tour de magie, je vais faire réapparaître la toile !

– Je vais la rendre ! m'exclamé-je avec une assurance retrouvée.

Je serai débarrassée du problème et quelque chose me dit que ça ne devrait pas plaire à l'Ombre. D'une pierre, deux coups !

– La rendre ? À la police ? Parce que tu crois qu'ils vont simplement te remercier d'être un bon samaritain ?

– Mais non, papa, je vais la remettre à sa place au musée de l'Éclat moderne.

Il secoue la tête. Il sait qu'il est inutile de négocier quand j'ai cette voix déterminée.

– Tu es vraiment le portrait craché de ta mère, tu sais. Têtue et inébranlable.

Je souris, touchée.

– Et c'est de toi que je tiens ce côté débrouillard et plein de ressources.

Il hausse les épaules, esquissant un sourire timide.

– On va s'en sortir, ma fille. On a survécu à bien pire.

Sa réplique me rappelle que lui aussi a des soucis. Et pas des moindres si j'en crois la solennité de ces paroles.

– Qu'est-ce qui t'arrive, papa ?

Ses lèvres s'étirent dans un sourire forcé qui tente de dissimuler ses inquiétudes sous une façade rassurante.

– Je t'expliquerai, promis. Seulement, avant de te concentrer sur mes soucis, l'urgence c'est de te débarrasser de cette toile que tu as volée ! Rien que de la voir ici dans ton appartement, ça me donne des sueurs froides. Rendre le tableau doit être ta priorité. Ensuite, on avisera. Tu me le promets ?

J'acquiesce avec une moue hésitante.

– Promis.

Je voudrais qu'il me dise tout de suite ce qui ne va pas, mais mon père est plus têtu que moi. Il ne me confiera rien tant que je n'aurais pas tenu ma promesse.

## CHAPITRE 8
## AGENT PROVOCATEUR

Le musée de l'Éclat moderne, c'est comme la prison : beaucoup plus facile d'y entrer que d'en sortir.

Il ne m'a fallu que quelques secondes pour subtiliser le badge d'un membre de l'entreprise de sécurité pendant sa pause déjeuner. Je l'ai dupliqué et y ai ajouté ma photo. Quinze minutes plus tard, l'imprudent gourmand avait une tache de sauce samouraï sur sa chemise… et une nouvelle collègue !

Fraîchement promue par moi-même « responsable des installations », je me présente à l'entrée, les plans de l'intégralité du musée à la main, déterminée à revoir tout le système d'alarme. En vrai, trois des rouleaux que je porte sont vierges et le dernier cache la toile. C'est tout juste si on ne me déroule pas le tapis rouge !

Après une simple formalité, me voilà à l'intérieur. La grande prêtresse de la sécurité venue leur porter secours ! Il faut dire que j'ai aussi soigné mon apparence : tailleur-pantalon crème, haut satiné, escarpins pointus, brushing impeccable et maquillage de qualité. Ceux qui disent que l'apparence ne compte pas sont naïfs. Ou moches. *Ou les deux.*

Dernière étape : se cacher jusqu'au crépuscule pour pouvoir remettre le tableau à sa place.

***

À la tombée de la nuit, il ne reste plus que le gardien qui fait ses rondes en sifflotant, l'air distrait. Je le trouve touchant, ce petit moustachu. Quoi de plus humain que de se croire à l'abri d'un drame juste après la survenance dudit drame ? C'est comme si notre cerveau refusait de croire qu'un événement rare puisse surgir deux fois de suite au même endroit. Si j'avais dû cambrioler un musée, j'aurais justement choisi l'Éclat moderne ces jours-ci, juste après le premier vol… Mais le gardien de nuit, lui, vit dans un monde où cette hypothèse n'existe même pas. Je suis sûre qu'il a dû croire au Père Noël jusqu'à dix ans, minimum !

Moi, à cinq ans, j'élaborais déjà un plan pour griller mes parents. Le Père Noël avait le même papier cadeau que nous, comme par hasard ! Résolue à être plus futée que ma mère, j'ai aspergé notre papier de parfum Barbie et évidemment le paquet rose que j'ai déballé au pied du sapin sentait la pomme verte et le jasmin. Même si j'étais carrément fière de moi, je n'ai jamais dit à mes parents que je les avais démasqués. Je ne voulais pas briser leurs illusions.

J'admire *L'Appartement de jalousie* alors que je l'accroche enfin à sa place. Rien de plus facile, les caméras de la salle sont désactivées et le gardien est désormais à l'autre bout du bâtiment. Pourquoi surveiller un tableau qui a déjà été volé ? Le musée a tout de même conservé le cadre vide en hommage à la peinture dérobée. Il paraît qu'aujourd'hui, l'Éclat moderne a connu un taux d'affluence record. Les visiteurs voulaient tous voir le lieu du crime, si bien que l'œuvre de Cahun n'a jamais autant passionné le public que depuis qu'elle a disparu. Il y avait vingt fois plus de gens pour contempler ce cadre vide que la veille face au tableau encore présent. Je me demande combien viendront voir la réapparition miraculeuse de celui-ci demain.

Allez, il est temps de filer ! Seules les lueurs des issues de secours et les lumières de la ville qui traversent les grandes ouvertures en alcôves, décorées de moulures, m'aident à me repérer dans le labyrinthe des couloirs du musée. C'est tout de même excitant de me savoir seule dans ces lieux, excepté le gardien de nuit…

Soudain, au détour d'un couloir, je sens quelqu'un se plaquer contre mon dos.

Le pic d'adrénaline à peine passé, je reconnais son odeur, son souffle, sa carrure derrière moi. Les palpitations de mon cœur ne se calment pas pour autant. Bien au contraire. Je ressens un mélange de crainte, d'excitation et d'une pointe de nostalgie, tandis que les souvenirs de notre rencontre affluent à la surface de ma mémoire.

Sa voix dans mon oreille et sa respiration sur ma nuque m'électrisent lorsqu'il murmure :

– Tu l'as remis à sa place, bien joué.

Je suis flattée par la pointe d'admiration et de respect dans son intonation. Il me voit comme une adversaire à sa hauteur, une partenaire de jeu… S'ajoute à cela l'idée que je sois sûrement la seule à l'avoir défié de la sorte et je suis complètement galvanisée.

– L'Ombre serait-il impressionné ?

Je pivote doucement pour me retrouver face à lui, mon visage à quelques millimètres du sien. Une lueur d'intelligence brille dans ses yeux, profonds et pénétrants, encadrés par des sourcils un peu arqués. Une légère ombre de barbe accentue sa mâchoire carrée. Je ressens la chaleur qui émane de son corps, son énergie virile et sexuelle.

– Tu peux continuer à m'appeler Dieu, tu sais.

Il se penche lentement vers mon oreille.

– « Oh mon Dieu », c'est bien ce que tu répétais dans ma chambre d'hôtel, non ?

Sous la lumière tamisée, ses yeux brillent plus fort. L'évocation de nos ébats me trouble bien plus que je ne suis prête à l'admettre. Je me mords discrètement l'intérieur de la joue pour garder un semblant de contrôle et soutiens son regard intense.

Il sait comment jouer avec les mots et créer une tension électrique entre nous.

Pourquoi suis-je encore attirée par lui malgré ce qui s'est passé ? Parce qu'il représente un danger, un mystère, et c'est indéniablement fascinant.

– Dieu tout-puissant, tu viens de te faire battre par une femme, rétorqué-je, exaltante.

Il esquisse un demi-sourire. Le fameux sourire que je trouve irrésistible. J'ai toutes les peines du monde à détacher mes yeux de ses lèvres.

– Oui, mais pas n'importe laquelle. Et puis, je suis là, non ? Tu ne m'as pas complètement battu. Je pourrais décider de repartir avec la toile. Encore une fois…

L'espace d'un instant, je crois que c'est ce qu'il va faire. Il porte décidément bien le surnom que lui ont attribué les médias. Il s'est matérialisé derrière moi je ne sais comment et ses pensées restent indéchiffrables.

– Ou bien, je pourrais faire ça.

Ses mains se posent sur mon cou et descendent sur mon décolleté. Il caresse mes seins à travers le satin de mon top. Je déglutis et respire plus fort.

– Dans un musée ?

– C'est bien là qu'on expose les œuvres d'art, non ?

Comme pour appuyer son propos, il relève mon haut, dévoilant d'abord la peau de mon ventre, jusqu'à le passer par-dessus ma poitrine, et exposer ainsi mon soutien-gorge en dentelle noire. Son regard émerveillé me grise.

Sûre de moi, je me détache doucement de ses bras et recule de trois pas en arrière. Je retire ma veste de tailleur, puis fais passer le haut qui ne couvre plus rien par-dessus ma tête. En le regardant bien droit dans les yeux, je déboutonne mon pantalon. Appuyé sur le mur derrière lui, les bras croisés sur son torse, l'Ombre ne rate pas une miette du spectacle.

Alors que je suis à présent en lingerie devant lui, il commente :

– Je n'ai jamais vu d'œuvre d'art aussi belle.

Je tourne lentement sur moi-même.

– C'est un ensemble de chez Agent Provocateur. Collection 2021. Modèle Cordélia.

– Je ne parlais pas des sous-vêtements.

Je me sens à la fois exposée et puissante. Ses mots me déstabilisent et m'excitent en même temps.

Sans chercher à épiloguer, l'Ombre efface la distance entre nous, pose ses mains autour de mon visage et m'embrasse fougueusement. Je constate, un peu surprise, que sa bouche me manquait déjà. Ma langue accueille la sienne avec soulagement et appétit.

Entre deux baisers, il dit avec autorité :

– J'espère que tu n'avais pas prévu de dormir cette nuit. J'ai un long programme pour nous deux.

Je suis partagée entre la tentation et la prudence. Hum… 99 % de tentation contre 1 % de prudence :

je cède. L'Ombre représente l'inconnu, le risque, mais aussi l'énigme que je veux résoudre.

– Je veux te faire tout ce dont j'ai envie, ajoute-t-il. J'en profite, je suis sûr que tu me détesteras encore plus demain matin.

Qu'est-ce qui aura changé demain ?

Je n'ai pas le temps de réfléchir à la question. Ses doigts se promènent sous la dentelle de ma culotte et je ne pense plus qu'à une chose : le sentir en moi.

## CHAPITRE 9

## TIFFANY & CO

Plus tard dans la nuit, nous rejoignons mon appartement.

L'Ombre a accepté de me suivre en sortant du musée. Il le voulait, même. Ça m'a presque surprise. Une fois la toile remise à sa place, je n'encours plus le risque qu'on m'accuse de vol ou de complicité dans cette affaire. Je ne devrais avoir aucun scrupule à le dénoncer à la police ! Est-ce qu'il se rapproche de moi pour me garder plus facilement à l'œil, voire pour m'amadouer ?

L'éclairage tamisé des couloirs de mon immeuble accentue les nuances des soubassements et des moulures raffinés. L'ambiance entre l'Ombre et moi se réchauffe – comme si elle en avait besoin ! – à mesure qu'on approche du seuil de mon appartement. Tout en déverrouillant ma serrure, je ne peux m'empêcher de ressentir un mélange de nervosité et d'excitation. C'est comme si j'ouvrais une porte que je m'étais toujours efforcée de garder fermée, celle qui garde ma vie de pickpocket loin de ma vie privée. Seulement, il y a quelque chose en l'Ombre, quelque chose qui va au-delà du voleur et du mystère. Une part de moi veut le comprendre et percer le voile qui l'entoure.

Un doux parfum d'encens flotte dans l'air lorsque nous entrons. Pour la deuxième fois de la nuit, je me défais de ma veste de tailleur. Je la dépose avec mon sac à main sur le buffet vintage de l'entrée. L'Ombre, quant à lui, observe l'appartement avec une curiosité non dissimulée. Prudemment, il contemple la vue depuis mes fenêtres, puis siffle et commente :

– On est à une sacrée hauteur. Il ne faut pas avoir le vertige pour habiter au dernier étage.

Je m'amuse de le voir si attentif au moindre détail de ma décoration. Est-ce que ça lui plaît ? Je m'aperçois que son avis sur la question m'importe alors que je pensais ne pas m'en soucier.

Je lui demande en essayant de cacher l'importance que j'attache à la réponse :

– Qu'est-ce que tu penses de mon appartement ?

Ses yeux quittent mes étagères en verre sur lesquelles repose une collection minutieusement sélectionnée de livres reliés et d'objets d'art exotiques pour se poser sur moi.

– C'est étonnant, ce n'est pas comme ça que je l'imaginais.

– Ah. Et tu l'imaginais comment ?

Pensif, il s'empare délicatement de ma lampe Tiffany en vitrail coloré, l'étudie et la repose avec précaution. Cette lampe, j'y suis très attachée, je suis donc soulagée qu'il comprenne sa valeur.

– Je m'attendais à quelque chose de plus impersonnel, plus conforme à l'image d'une voleuse aguerrie.

Je tique et immédiatement, son visage se décompose un peu. Je comprends qu'il regrette ses paroles. Que, pour une fois, celles-ci ont échappé à son contrôle.

Bien sûr, depuis que je me suis réveillée à l'hôtel à côté du tableau, je soupçonnais que cette nuit n'avait rien d'un hasard. Le fait qu'il m'attende au musée l'a confirmé. Est-ce le moment d'aborder enfin le sujet frontalement ? Il faut dire que tout à l'heure, nos corps étaient bien trop occupés pour nous laisser l'occasion de discuter.

Pétrie de curiosité, je compte essayer d'en apprendre plus tout en refoulant ma colère. Même s'il m'a bernée, m'énerver ne m'aidera pas à en savoir davantage, mais risquerait, au contraire, de le braquer.

– Ce n'était donc pas un hasard si tu m'as abordée dans cette boîte de nuit avec ton étui à guitare.

Il ne répond pas tout de suite. Je vois le bout de sa langue passer sur ses lèvres.

– Pas tout à fait, non.

Je secoue la tête, faussement amusée.

– Et tu es fier de ton petit jeu de manipulation ?

– Bien sûr que non !

Son air subitement presque penaud et la sincérité de sa voix emportent une partie de ma rancœur. Il a l'air de vraiment s'en vouloir. Ce qu'il a fait est-il encore plus grave que ce que j'imagine ?

La curiosité me ronge de plus en plus alors que je l'invite à prendre place dans mon canapé moelleux.

– Raconte. Comment savais-tu que je volais ? Comment savais-tu que je serais à L'Obsédant ?

Il prend une grande inspiration :

– La Galerie Luminance.

Je fronce les sourcils, dans le flou. Je suis allée à cet endroit, oui… Je crois que c'était pour un vernissage. Tandis que j'essaie de me rappeler, l'Ombre laisse échapper un soupçon de sourire.

– Je ne t'ai pas remarquée tout de suite. J'étais là pour admirer la *Panthère Montclair*, la sculpture en bronze d'Émile Montclair. Il a un talent extraordinaire pour capturer la vie et la puissance. C'est l'une de ses œuvres emblématiques. Et puis, tu es passée devant moi avec une élégance qui a immédiatement capté mon attention. Tu jouais ton rôle d'hôtesse à la perfection, mais tu avais quelque chose en plus, quelque chose qui m'a tout de suite intrigué.

– Et alors quoi ? le taquiné-je. Tu t'es défilé ? Tu n'as pas eu le cran de venir m'aborder ?

Son sourire s'élargit.

– J'étais en train de le faire. Et puis, je t'ai vu dérober ce collier du cou de cette dame. Je me suis dit que ce n'était pas le bon moment pour t'importuner.

Le Bulgari ! Or rose. Nacre. Et diamants. Ça y est, je me souviens maintenant avec précision de cette soirée. Ce n'était d'ailleurs pas si vieux que ça, seulement deux semaines. J'ai obtenu quelques belles choses là-bas, dont ce collier et une montre exceptionnelle qui m'a rapporté un joli pactole.

– Alors tu m'as repérée ?

Vexée et humiliée d'avoir été prise sur le fait, je ne peux cacher une moue boudeuse. Amusé, l'Ombre passe sa main sur ma cuisse. Comme pour me rassurer. Comme s'il avait deviné mes pensées.

– J'imagine qu'en tant que voleur, j'ai une vision d'expert. Je ne vois pas les choses de la même manière que les autres. Et puis, je te regardais, toi, avec beaucoup, beaucoup, d'attention. Et d'ailleurs, ça n'enlève rien à ton talent, parce que hélas pour moi, je t'ai regardée trop tard…

– Trop tard ?

Son regard brille d'une lueur de défi.

– Comment te laisser partir sans te suivre…

Il termine, avec une lenteur exagérée, pour appuyer l'impact de chacun de ses mots :

– … alors que ma montre Patek Philippe avait disparu de mon poignet ?

J'en reste muette.

Je me souviens très bien de cette montre, un vrai petit bijou d'horlogerie, mais absolument pas de l'homme qui la portait. La plupart du temps, je ne fais pas attention aux personnes que je dépouille, trop occupée à exécuter parfaitement mes mouvements.

Quelle erreur ! J'ai fini par voler la mauvaise personne… J'ai volé l'Ombre ! C'est sûrement pour ça qu'il n'en portait pas à notre rencontre : il n'avait plus sa montre préférée.

Fier de l'effet de sa révélation, l'Ombre affiche un sourire narquois.

– Alors, qui devrait avoir honte maintenant ?

Est-ce qu'il m'en veut ? Est-ce qu'il a voulu me le faire payer ?

– Quand on y pense, poursuit-il, songeur, c'est quand même ironique. Trop concentré sur la sculpture que j'envisageais de voler, je ne t'ai pas vu piquer ma montre. Et toi, trop focalisée sur tous les bijoux à ta portée, tu n'as pas remarqué que je t'avais repérée. Au bout du compte, nous avons été tous les deux victimes de notre passion pour les belles choses.

Des sentiments contradictoires se bousculent en moi : je suis indignée d'avoir été manipulée, humiliée de m'être fait prendre et en même temps, je dois avouer que ses compliments sur mon talent et ses regards sur moi m'ont flattée.

Je me lève en prenant soin de l'ignorer et me dirige vers la cuisine.

– J'ai besoin d'un verre.

Je nous sers tous les deux, puis m'accoude à l'îlot en marbre. Le liquide ambré tremble légèrement dans les verres ciselés. J'espère que la chaleur du whisky pourra m'apaiser. L'Ombre me rejoint et s'installe en face de moi, sur l'un des tabourets de bar.

Je lui tends un verre et nos doigts se frôlent furtivement. Un éclair électrique parcourt ma peau à ce contact, mais je m'efforce de ne pas laisser transparaître mon trouble alors que son regard intense suit chacun de mes mouvements. Je prends une gorgée, savourant l'amertume qui mord ma langue.

– Alors, c'est ça qui t'intéresse chez moi ? demandé-je, finalement. Mes qualités de voleuse ? Et on peut savoir combien de temps tu m'as suivie ?

Ses prunelles sombres ne quittent pas les miennes.

– Jusqu'à ce que je t'aborde à L'Obsédant.

Je fronce les sourcils, perplexe. Je comprends qu'il a dû m'espionner un certain temps et je m'inquiète de ce qu'il a pu observer. Évidemment, je ne me suis pas rendu compte qu'il me suivait. Il n'est pas surnommé « l'Ombre » par hasard.

– Pourquoi m'épier ? sourcillé-je. Qu'est-ce que tu cherchais ?

Il baisse la tête et fait tournoyer le whisky dans son verre.

– J'ai été intrigué et surtout, je voulais récupérer ma montre ! Tu es partie du vernissage très vite alors, je t'ai suivie en voiture jusqu'à une supérette…

Il poursuit, d'un air entendu :

– … dont tu es ressortie sans le moindre achat.

Il relève la tête vers moi en haussant les sourcils. Je ne nie pas.

– Pendant que tu étais à l'intérieur, j'ai inspecté ta Mercedes.

Il fait claquer sa langue contre son palais.

– Tu laisses beaucoup trop de traces derrière toi, Keyah Diaby.

J'écarquille les yeux. Il connaît mon nom… Pour moi, il est toujours l'Ombre. Un point pour lui.

Il explique, une lueur de malice dans son regard :

– Avec tes papiers d'assurance dans la boîte à gants, j'avais ton identité et tes coordonnées complètes.

– Tu as carrément forcé la portière de ma voiture ! m'indigné-je.

Comment a-t-il fait pour que je ne me rende compte de rien ? Bon, il entre par effraction dans des établissements hautement sécurisés sans laisser d'indices. Ma voiture, en comparaison, c'était un emballage à ouverture facile.

– Est-ce que la voleuse cherche à me faire la morale sur ce qui est bien ou non ? Et puis, si je t'avais abordée ce soir-là, dans ce quartier malfamé, je t'aurais simplement foutu la trouille.

Sarcastique, je rétorque :

– Alors tu t'es dit que le mieux pour me rassurer, c'était de m'espionner ?

– Pour pouvoir te recroiser à une autre occasion, oui. Pirater ton téléphone n'a pas été beaucoup plus difficile, et c'est comme ça que j'ai eu ta localisation, et que je t'ai retrouvée à L'Obsédant, quelques jours plus tard. J'ai attendu que tu sois seule au bar pour engager la conversation. À l'origine, je voulais te laisser le tableau là-bas, peut-être en te demandant de surveiller mon étui à guitare le temps que je m'éclipse.

Il sourit, mais cette fois, c'est un sourire empreint de douceur, comme s'il touchait un sujet délicat.

– Je n'avais pas prévu ce qui se passerait ensuite. Je n'avais pas prévu…

Il pose un regard appréciateur sur moi, commence par mes jambes, puis remonte lentement, s'attarde sur mes formes, ma poitrine, puis plonge ses yeux dans les miens.

– … tout ça. Le désir. La passion. Rien à voir avec les faux-semblants. Tout ça, c'était réel.

Je détourne les yeux et avale une autre gorgée de bourbon pour masquer l'émotion qui menace de déborder. Retrouvant un peu d'assurance, j'ironise :

– Et comme tu as passé une bonne soirée en ma compagnie, tu as décidé de me remercier en me laissant cette toile en cadeau sur l'oreiller, c'est ça ?

Son sourire s'étire, narquois.

– Avoue que c'est plus original qu'un bouquet de fleurs !

Je réponds à son sourire en levant les yeux au ciel, amusée.

– Ce tableau volé, c'était une sorte de vengeance ?

Il réfléchit comme s'il ne s'était pas encore posé la question.

– Peut-être. Ou bien une sorte de jeu ? J'aime bien jouer.

– Sans blague.

Je l'analyse en plissant légèrement les yeux, accoudée à l'îlot, le menton posé dans ma main.

– Dis-moi… Comment c'est d'être l'Ombre ? Quel effet ça fait d'être à la fois anonyme et célèbre ?

Son regard se perd dans une réflexion profonde avant de retrouver le mien.

– Honnêtement, c'est à double tranchant. D'un côté, c'est satisfaisant de constater que tout le monde parle de l'Ombre sans vraiment savoir qui se cache derrière.

Son regard s'embrase.

– Non ! C'est plus que ça, exulte-t-il. C'est *très, très* satisfaisant.

Nous échangeons un sourire. Là-dessus au moins, nous nous comprenons.

– Et de l'autre, alors ? relancé-je.

Il laisse échapper un léger soupir, comme si évoquer l'autre versant de sa notoriété le plongeait dans des eaux plus sombres.

– De l'autre, je me sens parfois seul et incompris. Tout le monde parle de moi comme s'ils me connaissaient. Ils se font une idée de mes motivations, dressent un portrait imaginaire et je ne peux jamais démentir.

Avec un léger haussement d'épaules, il conclut :

– Parfois, j'ai envie de crier au monde que l'Ombre n'est ni un virtuose du vol qu'on pourrait admirer ni un dangereux criminel dénué de tout sens moral. Juste moi.

Je l'étudie, les yeux étrécis.

– Tu ne vas pas me dire ton nom, n'est-ce pas ?

– Pourquoi ? Tu crois que tu me connaîtrais mieux ? Un prénom n'est rien d'autre qu'une étiquette donnée par des gens qui ne nous connaissent pas encore et qui n'apprendront peut-être jamais à nous connaître. Ça ne dit rien sur la personne que l'on est. Et un nom de famille, encore moins.

Son ton catégorique me laisse penser qu'il a un problème avec son arbre généalogique. Une blessure qui le rend encore plus intrigant et attirant à mes yeux.

Une nouvelle lueur s'allume dans les siens :

– Tu sais comment on peut vraiment connaître une personne ?

Il pose délicatement son verre et s'approche si près de moi que je suis obligée de m'appuyer plus fort sur le comptoir pour ne pas chavirer.

Son regard se fait lubrique, mais je fais semblant de ne pas comprendre :

– En lisant son journal intime ? En l'interrogeant sous la torture ? En faisant son autopsie ?

Ses mains viennent encadrer mon visage.

– Quelle horreur. Je ne te croyais pas aussi cruelle. Il y a des méthodes beaucoup plus douces, tu sais.

Il illustre son propos en posant délicatement sa bouche sur ma clavicule, puis ses mains se font baladeuses sous mon haut. Je ne résiste pas plus longtemps à la tentation.

***

La sonnerie de mon téléphone me tire du sommeil. Les yeux encore fermés, je cherche à tâtons l'objet bruyant qui me torture de si bon matin. Je l'effleure et m'apprête à m'en saisir lorsqu'une main bien plus grande s'empare de la mienne avec fermeté.

Je souris. L'Ombre est encore là. Je ne suis pas habituée à me réveiller avec un homme à mes côtés, dans mon propre lit. Je ne veux pas risquer que quelqu'un tombe sur ma collection de montres ou sur des liasses de billets. C'est pour cette même raison que je n'ai jamais eu de relation durable. Pour ça, et parce que je me lasse très vite.

Je me retourne vers l'Ombre qui emprisonne encore ma main. Il a toujours cette lueur de défi dans les yeux, même au réveil. On dirait qu'il a constamment une idée derrière la tête, un coup d'avance. Peut-on se lasser un jour d'un tel regard ?

– Ne réponds pas, grogne-t-il.

– Ah oui ? Et qu'est-ce que tu vas faire pour m'en empêcher ?

D'un coup, il s'agite pour me placer en dessous de lui et m'écrase de tout son poids. Ma poitrine oppressée, je respire difficilement mais, curieusement, ce n'est pas désagréable. Je parviens tout de même à me saisir de mon portable avec le seul bras qui ne subit pas la pression de son corps.

L'Ombre a son visage tout près du mien et lit en même temps que moi le nom qui s'affiche.

– Ton père.

J'acquiesce, préoccupée. Hier, notre discussion a dévié sur la toile et je ne sais donc toujours pas pourquoi il était venu.

– Il va falloir que je le rappelle, m'inquiété-je alors que la sonnerie cesse. Il a des problèmes.

– Des problèmes ? De quel genre ?

J'hésite un instant avant de répondre. Finalement, peut-être parce que je suis chez moi, dans mon lit, en confiance, je baisse un peu ma garde :

– Il a une addiction aux jeux.

Je scrute la réaction de l'Ombre. Il n'y a aucune trace de jugement chez lui, juste de l'empathie. Je lui en suis reconnaissante.

– Grandir avec une personne dépendante, ça ne doit pas être facile.

Je me pince les lèvres. Je ne voudrais pas qu'il se fasse une idée trop péjorative de mon père.

– Oui… Enfin, non. Il a conscience d'avoir un problème. Il en a honte, je crois. Et, depuis le temps, on a trouvé une sorte d'arrangement. Il m'en parle et n'hésite pas à venir me voir quand il perd le contrôle. C'est déjà, ça, tu ne penses pas ?

Il semble y réfléchir.

– C'est vrai que ça doit demander un certain courage de se confier à sa fille sur ses problèmes. Vous devez être proches.

Encouragée, je me laisse aller sur les oreillers et reprends :

– Oui, on l'est. Il m'a élevée seul depuis mes huit ans. Il a toujours fait le nécessaire pour que je ne manque de rien, malgré son petit salaire de chauffeur de bus. Ne le juge pas trop sévèrement, parce que même s'il a des problèmes, c'est un battant.

– Je n'en doute pas, surtout quand je vois la force de caractère de sa fille !

Je souris, puis poursuis :

– Ce côté-là, on me dit plutôt que je le tiens de ma mère. Elle était institutrice et ses élèves avaient l'habitude de filer droit !

– Qu'est-ce qui lui est arrivé ?

– Un cancer. Fulgurant. Il ne lui a laissé aucune chance.

– Je suis désolé.

Sa main vient caresser ma joue tendrement, puis il se décale et retombe lourdement sur l'oreiller. Je retrouve le sourire quand je lui explique :

– Mon père était la seule personne qui souffrait autant de son absence que moi, alors forcément, ça nous a rapprochés. Tu comprends ?

Il hésite une seconde.

– Oui, je crois. Enfin, moi aussi, j'ai grandi seul avec mon père, mais à l'inverse de toi, je ne suis clairement pas proche de lui. En fait, c'est carrément tout le contraire. Je le hais.

Son ton s'est durci. Je vois passer une ombre dans ses yeux.

Je tente de l'apaiser tout en posant une main réconfortante sur son bras :

– Nous ne gérons pas tous le deuil de la même manière.

D'un mouvement lent et délicat, il fait glisser ma main et la garde fermement dans la sienne.

– Ma mère n'est pas décédée. Elle aurait voulu être auprès de moi, mais mon père ne lui a pas laissé le choix.

Je sourcille, surprise par cette révélation.

– Comment ça ?

Il secoue la tête et je sens bien que je l'entraîne sur un terrain où il ne veut pas aller.

Ses épaules s'affaissent imperceptiblement, trahissant le poids de ses souvenirs.

– Tu sais, Keyah, je n'ai jamais connu la pauvreté mais, crois-moi, grandir dans un milieu aisé peut faire beaucoup de dégâts. Dans ce monde, il n'y a que des requins. C'est un milieu d'hypocrites qui pensent que l'argent achète tout et excuse les pires vices.

Sous cette couche de rage, l'Ombre paraît soudain plus vulnérable. Ces quelques mots semblent avoir écorché une partie de son être. Puis, comme s'il venait de prendre conscience de s'être trop laissé aller, il se renferme définitivement.

– J'en ai trop dit, assène-t-il.

Il se lève et je ressens un grand vide quand son corps quitte le lit alors qu'on commençait à créer une connexion plus profonde.

– Tu t'en vas ? demandé-je, alors qu'il se rhabille à la hâte en me tournant le dos.

Les mots ont devancé ma pensée et j'espère qu'il n'a pas entendu le ton plaintif dans ma question.

– Oui, mais on va se revoir très vite.

J'ai du mal à le cerner. Je devrais me féliciter qu'il ait envie de me revoir mais d'un autre côté, je sens comme un accablement dans sa voix. Comme si, pour lui, l'idée n'était pas si réjouissante.

– Je vais finir par croire que tu n'as pas autant que ça la cote avec les femmes, plaisanté-je avec une intonation plus décontractée. Tu as déjà passé deux nuits d'affilée avec moi. Ou alors t'es en train de tomber amoureux ?

En guise de réponse, il m'adresse un sourire énigmatique, mélange de tendresse et de… regret ?

Quelques secondes plus tard, je l'entends refermer la porte de mon appartement derrière lui.

# CHAPITRE 10
# CHANEL

Mon père sera là dans moins de dix minutes. J'ai déjà pu faire un peu de ménage, effacer les traces du passage de l'Ombre et cacher le fruit de mes activités de pickpocket. Même s'il se doute que je vole encore, il n'a pas besoin que je lui mette sous les yeux, les preuves de ce qu'il ne pourra pas s'empêcher de qualifier d'« échec parental ». Il me reste tout juste le temps de passer un coup de fil à Rafael.

Mon meilleur ami décroche à la première sonnerie et me sermonne aussitôt :

– Putain, Keyah ! T'avais juré de m'appeler immédiatement après avoir remis la toile au musée ! Je me suis inquiété ! Il vaudrait mieux pour toi que tu sois morte ou en prison.

– Ni l'un ni l'autre. Désolée, tu devras attendre pour hériter de ma lampe Tiffany. Mais j'ai une super excuse pour n'avoir pas pu te rappeler.

Je grimace pour moi-même, sachant pertinemment que mon excuse me vaudra encore plus de réprimandes. Il soupire, lui aussi sait d'avance que ce que je vais dire sera pathétique.

– Dis toujours.

– L'Ombre était au musée.

– Quoi !

Je prends une petite voix de gamine :

– Et il se pourrait bien que je l'aie ramené à mon appartement.

Rafael s'étrangle à l'autre bout du fil.

– Mais tu es folle ou quoi ? C'est un criminel ! Recherché par toutes les autorités de ce continent ! Tu ne connais rien d'autre de ce type, Keyah !

Je balaie ses récriminations d'un signe de main qu'il ne peut pas voir et m'exclame :

– Justement, j'ai une mission pour toi ! Je vais t'envoyer un portrait-robot que j'ai fait de lui.

– Keyah, est-ce le bon moment pour te rappeler que tu n'as aucun talent en dessin ?

Toujours compter sur ses amis pour des encouragements !

– Il faudra te contenter de ça et de ma description. Je ne pouvais pas le prendre en photo à son insu, il m'aurait grillée tout de suite. Il ne m'a pas lâchée des yeux de la nuit pendant que…

– OK. Je ne veux pas savoir ! Donc, qu'est-ce que tu veux que je fasse au juste ?

Je souris. Je sais que je peux toujours compter sur lui, même dans mes plans les plus dingues.

– Eh bien, j'ai réfléchi et…

– Ah oui ? me coupe-t-il. Et c'était avant ou après avoir recouché avec lui ? Simple curiosité.

Il faudrait quand même que je me trouve un ami un peu moins sarcastique…

– Ah. Ah. Ah. Très drôle ! Bon, concentre-toi, mon père va débarquer. Je vais t'envoyer une liste de toutes les dates auxquelles ont eu lieu les vols de l'Ombre à Paris. Et toi, grâce à tes contacts, tu vas les recouper avec les registres des hôtels de luxe. Avec ça et le portrait-robot, on va retrouver sa trace. Je veux que tu interroges tous les membres du personnel qui ont pu croiser sa route. Qu'est-ce qu'il commande à manger ? Qu'est-ce que la femme de ménage a pu trouver dans sa chambre ? Est-ce qu'il laisse des pourboires ? Est-ce qu'il prend un taxi pour quitter l'hôtel ? Je veux tout savoir, compris ?

– Compris. Mais toi qui as couché avec lui *deux* fois, tu n'as pas des infos supplémentaires ?

– En fait, trois. Mais bon, comme tu as dit que tu ne voulais pas de détails…

– C'est ce que j'ai dit, oui !

– Bon, comme tu voudras.

Je tapote ma lèvre inférieure en réfléchissant. J'aurais peut-être dû faire une liste pour ça aussi, tiens !

– Bon, je sais qu'il a une vilaine cicatrice au genou gauche. Elle est très ancienne, il devait être enfant à l'époque. On pourrait penser à une classique chute de vélo, mais elle est encore bien visible. Je me souviens avoir tout de suite pensé qu'il avait pu être maltraité ou en tout cas, qu'il avait été victime de négligence. D'ailleurs, il m'a dit qu'il avait grandi loin de sa mère et qu'avec son père… Comment il a dit ça déjà ? Ah oui ! Ils sont carrément tout le contraire de proches. À ton avis, c'est quoi le mot pour « carrément tout le contraire de proches » ?

– C'est la merde.

– C'est bien ce que je pensais.

Rafael souffle dans le combiné. Je sens bien que cette information ne l'aide pas, alors je poursuis mes efforts de mémoire.

– Je sais quel parfum il porte ! affirmé-je avec arrogance. *Sauvage* de Dior. Il est partout sur ma peau.

– Super, Keyah. Ça, ça va vraiment beaucoup nous aider.

– C'est encore du sarcasme ?

– Oui !

Je sursaute alors que la sonnerie retentit. Fébrile, je m'empresse de jeter un dernier coup d'œil à l'appartement en me redressant. Aucun indice incriminant en vue !

– Bon, mon père est là, Raf. Je te laisse, tiens-moi au courant.

Pas le temps d'écouter sa réponse, je raccroche, pose mon téléphone sur la console et m'empresse d'aller ouvrir la porte.

Je dois contenir un cri d'horreur.

Le visage tuméfié de mon père m'apparaît, marqué par la violence d'une agression. Du sang, des ecchymoses, une tristesse résignée dans ses yeux… La thèse d'un accident ne me traverse même pas l'esprit.

– Papa ! Qu'est-ce qu'il s'est passé ? m'écrié-je.

Il sourit faiblement, comme pour me rassurer, mais la douleur transparaît dans chaque expression de son visage.

Je le guide à l'intérieur et m'efforce de contenir ma colère vis-à-vis de cet agresseur invisible qui a laissé mon père dans cet état. Précautionneusement, je le fais asseoir sur le fauteuil et l'abandonne quelques secondes pour un rapide passage à la salle de bains.

Agenouillée devant lui, je commence à soigner ses blessures. J'ai horreur des cabinets médicaux et des hôpitaux, j'y ai passé beaucoup trop de temps, jeune, au chevet de ma mère. C'est pourquoi ma boîte à pharmacie déborde de médicaments en tout genre, de bandages, d'antiseptique, de pommades, de sutures adhésives, etc. Tout ce qui me permet d'éviter au maximum de me rendre chez le médecin ou aux urgences.

Je ne veux pas bousculer mon père davantage mais mon esprit tourbillonne de questions. Que lui est-il arrivé ? Qui sont les ordures qui lui ont fait ça ? Depuis combien de temps se balade-t-il dans la rue avec cette tête amochée ? Je m'en veux de ne pas avoir insisté davantage à sa dernière visite, trop distraite par cette histoire de tableau. Peut-être que si je l'avais fait, il n'aurait pas subi ça. J'aurais dû lui tenir tête et l'obliger à me parler !

– Papa, tu dois me dire ce qui se passe. Qui t'a fait ça ?

Son regard évite le mien et il soupire avant de se lancer dans une confession hésitante.

– Je dois de l'argent à des gens peu recommandables. Ça fait un moment qu'ils me le réclament. C'est beaucoup d'argent.

– Combien ?

– 800 000 euros.

Le montant me fait l'effet d'une bombe.

– 800 000 euros ! Mais comment c'est possible ?

Il baisse la tête, incapable de soutenir mon regard.

– Je leur ai demandé de me faire crédit. Plusieurs fois.

Soudain, je comprends que le problème ne date pas d'hier, que la menace pèse sur lui depuis peut-être des mois. Son addiction a pris une ampleur que je n'ai pas su voir, au point qu'elle le pousse à aller contracter des dettes auprès d'organisations dont la seule évocation me ferait sûrement frissonner.

– Mais pourquoi tu ne m'as rien dit, papa ? Pourquoi laisser les choses aller aussi loin ? m'exclamé-je, mêlant frustration et tristesse. Je croyais qu'on avait un deal, toi et moi. Tu devais venir me voir !

Il prend une voix chevrotante. Une voix que je n'avais pas entendue depuis la mort de ma mère. Mon cœur se serre devant sa détresse évidente.

– J’avais peur, Keyah. Peur de te décevoir. Plus ça allait, plus la dette devenait énorme, plus j’avais honte. Je pensais pouvoir résoudre ça tout seul, vendre la maison, mais…

Je termine moi-même sa phrase, d’un ton sévère :

– Mais Yasmine ne voulait pas. Elle n’est pas prête à ce sacrifice.

Même après six ans, l’évocation de cette femme me provoque encore une réaction épidermique.

Après le décès de ma mère, mon père a fait une grosse dépression et c’est alors que ses problèmes de jeu ont commencé. Adolescente, je faisais déjà en sorte de veiller sur lui, d’être compréhensive et de ne pas le faire culpabiliser tout en essayant de l’empêcher de sombrer définitivement dans l’addiction. L’arrivée de Yasmine a bouleversé ce fragile équilibre. J’ai d’abord pensé que ça ne durerait pas mais, quand je l’ai vue prendre de plus en plus de place dans la vie de mon père, je me suis inquiétée. Je ne l’ai jamais cru capable de s’occuper aussi bien de lui que je pouvais le faire. Ni aussi bien que ma mère. Et j’avais raison. J’en ai la preuve, aujourd’hui.

– Ne lui en veux pas, Keyah, s’il te plaît. Elle ne sait rien du tout. J’ai bien trop peur qu’elle me quitte si elle venait à savoir pour mes problèmes de jeu. S’il te plaît, Keyah, tu ne dois rien lui dire. Je ne supporterai pas de la décevoir à ce point. Promets-le-moi, Keyah !

J'acquiesce malgré moi. Je devine que les dettes qu'il a volontairement souscrites ne lui ont pas servi qu'à jouer, mais aussi à couvrir ses dépenses pour garder Yasmine dans l'ignorance.

C'est plus fort que moi, sa naïveté et son aveuglement m'irritent ! Comment ne peut-elle rien voir si elle fait attention à mon père comme elle le devrait ? Ma mère aurait pris soin de lui, elle !

Je n'ai jamais caché à mon père ce que je pense de sa nouvelle compagne. Au début, il s'en est amusé. Je crois qu'il prenait mon comportement pour de la jalousie, comme si je voulais qu'il ne m'appartienne qu'à moi. Mais, quand il a compris que je ne changerais pas d'avis, il s'est fait une raison et s'est résigné à nous accorder du temps séparément. Je ne peux pas lui en vouloir de l'aimer – après tout, il a bien le droit de vivre sa vie –, mais je peux lui en vouloir à elle de ne pas veiller assez sur lui.

Partagée entre douleur et colère, je crache :

– Tu aurais dû venir me parler plus tôt. Avant que ça ne dégénère à ce point !

Le regard de mon père se perd dans le vide.

– Je voulais trouver une solution par moi-même, explique-t-il piteusement. Maintenant, je suis à court d'options. Je t'en prie, ne le dis pas à Yasmine.

Je n'arrive pas à y croire. Il est en boucle. Il n'y a que ça qui l'intéresse. Il est plus effrayé à l'idée que sa fiancée apprenne son addiction que par les types qui l'ont tabassé.

Les bras croisés sur la poitrine, je soupire :

– Je ne dirai rien. De toute façon, je ne la vois jamais.

Mon père rétorque du tac au tac :

– Elle aimerait te voir plus souvent.

Je n'ai pas du tout envie d'aborder le sujet à ce moment précis.

La sonnerie de mon téléphone me sauve. C'est Rafael. Déjà ? Il a fait vite ! Je décroche dans l'idée de lui dire tout de suite que je vais le rappeler plus tard – il faut que je m'occupe de mon père, pour l'instant –, mais sa voix paniquée m'incite à revoir mes plans :

– Keyah, t'es chez toi ? Allume la télé ! Chaîne d'info ! Tout de suite !

Alarmée par le ton de sa voix, je m'exécute. Deux clics de la télécommande et je suis sur les infos en continu. Le son est coupé, alors la première chose qui m'interpelle, c'est la veste en tweed de la nouvelle collection Chanel que porte la présentatrice. Très belle pièce ! Dernière collection : 1 450 euros.

– Joli, m'exclamé-je tout haut, en oubliant presque Rafael au téléphone.

Mon meilleur ami se met à crier dans mes oreilles :

– Quoi ? Les infos, Keyah ! Putain, les infos !

Mes yeux se posent alors sur le bandeau rouge qui défile en bas de l'écran et je reste sans voix :

*L'Appartement de jalousie*, le tableau réapparu à l'Éclat moderne, comme par miracle, est un faux.

Putain. De. Bordel. De. Merde.

– Je te rappelle, dis-je d'une voix blanche.

– T'as intérêt !

Je raccroche et monte le son de la télé.

Des tas de questions se bousculent dans ma tête. À quel moment l'Ombre a-t-il pu faire l'échange ? À partir de l'instant où il m'est tombé dessus dans le musée, nous ne nous sommes plus quittés. Où et comment a-t-il pu cacher le vrai tableau ? Il était nu la plupart du temps ! Est-ce qu'il l'a dissimulé dans un endroit sûr ? Est-il encore quelque part dans un recoin de l'Éclat moderne ? Et pourquoi me laisser la toile sur l'oreiller pour le simple plaisir de la voler à nouveau le lendemain ? Ce type est vraiment tordu !

Ses paroles me reviennent à l'esprit et prennent un tout autre sens à la lueur de cette révélation : « Tu me détesteras encore demain matin. » *Loupé ! Je ne te déteste pas, je te hais !*

Je continue de me creuser la tête en ressassant les événements. Je sens que je suis sur le point de mettre le doigt sur un détail important. Et si… Non, il n'a pas pu faire ça quand même !

Soudain, la présence de mon père, assis derrière mon dos, se rappelle à moi quand il commence à se rapprocher de l'écran pour lire le bandeau d'actualité. Je me tourne vers lui et remarque que quatre rides lui barrent le front. Avec ses blessures et son perfecto en cuir vieilli, il ressemble à un boxeur tout juste sorti du ring. Pourtant, il n'a jamais été bagarreur. Il est doué pour les négociations, apaiser les conflits et détourner l'attention. Rien qui nécessite d'user de la force. Ce qui ne l'empêche pas d'être intimidant…

D'ailleurs, en ce moment même, son regard me juge.

– Pourquoi m'avoir dit que tu allais rendre la toile ? Tu as cru que le musée ne se rendrait pas compte que c'était un faux ? Ou tu pensais que je n'allais jamais le savoir ?

Je soupire. J'ai le sentiment que peu importe ce que je pourrais dire, il ne me croirait pas. Je vois bien dans ses yeux qu'il m'a déjà désignée coupable. J'ai du mal à lui en vouloir, moi-même, je n'arrive pas à trouver un sens logique à ce qui s'est passé.

– Papa, j'aimerais t'expliquer, je t'assure, mais pour l'instant, je ne peux pas.

Il hausse ses larges épaules et prend un air résigné.

– Je vois. D'un autre côté, que tu sois encore en possession de la toile pourrait peut-être me sauver la mise. Combien peut bien valoir ce truc ?

D'un coup, l'évidence me frappe : mon père pense que je suis l'Ombre ! Dans son esprit, c'est parfaitement logique. Il m'a vue avec *L'Appartement de jalousie* et les médias ont attribué ce vol à l'Ombre. Il en a déduit que c'était moi et que j'étais responsable de tous ses vols précédents.

Je me penche vers lui et m'efforce d'être persuasive :

– Papa. Je. Ne. Suis. Pas. L'Ombre.

Il pose un doigt sur sa bouche et me regarde d'un air complice.

– Oui, bien sûr. Tu es simplement ma fille. Pour toujours.

Je suis partagée entre désespoir et tendresse. Je suis touchée qu'il me soutienne même s'il pense que je suis une criminelle recherchée par Interpol et en même temps, j'aimerais qu'il me croie sans douter de ma parole. Faute de preuves, je n'essaie même pas de me dédouaner pour le moment. Ce serait peine perdue.

Je consulte l'heure à ma montre et me lève d'un bond.

– Bon, je dois aller au travail et tu vas m'accompagner. Hors de question que je te laisse tout seul tant qu'on n'aura pas réglé ta dette de jeu.

Tout en se levant, il me demande, perplexe :

– Tu as déjà prévu un autre vol ?

Je lève les yeux au ciel.

– Non, papa. Pas ce boulot-là. Mon travail d'hôtesse, tu te souviens ? Je dois m'occuper de l'accueil VIP d'une remise de trophées de footballeurs sur une péniche. Il y aura beaucoup de monde et plein d'agents de sécurité. Tu seras en lieu sûr.

J'avise sa tenue d'un œil critique et conclus :

– Par contre, il va falloir te changer.

## CHAPITRE 11

## ARMANI

J'ai fait entrer mon père dans un costume de location Armani, puis dans ma Mercedes. Il n'a cessé de râler et de se plaindre d'être engoncé dans sa veste, au point que j'ai dû jouer la carte magique : « Tu crois que Denzel ne porterait pas un costard pour ce genre de fêtes ? ».

J'ai désormais un autre souci dans mon rétroviseur. Une berline noire m'a prise en filature. Elle laisse systématiquement deux voitures entre nous pour être discrète, mais la manœuvre ne m'a pas échappé. À chaque fois que je bifurque à une intersection, la berline prend la même direction quelques instants plus tard. Jusqu'à trois ou quatre embranchements, ça aurait pu être une coïncidence mais à présent, je suis certaine qu'on nous suit. Mon père a vraiment mis en rogne les mauvaises personnes !

Je mémorise mentalement la plaque d'immatriculation, la répète plusieurs fois dans ma tête jusqu'à ce qu'elle y soit incrustée : BIJ-387XJ.

Je jette un coup d'œil vers le siège passager. Mon père ne s'est rendu compte de rien. Il est en train de prévenir Yasmine qu'il ne rentrera pas avant un moment et d'inventer une histoire à dormir debout pour justifier les marques sur son visage.

Il grommelle en textant :

– Je suis un homme mort. Elle va me tuer.

Sauf si les types qui nous suivent le font avant !

Je chasse ces pensées funestes de mon esprit, écrase le bout de mon escarpin sur le frein et donne un grand coup de volant à droite. En crissant des pneus, la Mercedes s'engage dans une ruelle à la dernière seconde. La voix de mon père se mêle aux sons des klaxons derrière moi.

– Nom de Dieu ! T'essaies de nous tuer ou quoi ?

Il se penche pour ramasser le portable qui lui a échappé des mains pendant l'embardée.

– On est suivis, papa.

J'utilise le rétroviseur pour remettre en place ma crinière malmenée par ma conduite trop brusque. Je ne vois plus la berline derrière nous.

– Tu en es sûre ? s'inquiète mon père.

– Certaine. Mais je pense que j'ai réussi à les semer.

– Je vais arranger ça, grogne-t-il.

Je ne réponds rien. Je sais bien qu'il a envie de croire qu'il pourra résoudre ce problème tout seul, mais c'est impossible. C'est une histoire qui le dépasse complètement.

À côté de moi, je le vois pianoter encore sur son téléphone. Je devine à son expression que ce n'est plus Yasmine la destinataire de ses messages. Il écrit vite, avec un regard déterminé, puis il range le portable dans sa poche, un peu plus serein. Je ne sais pas ce qu'il croit avoir fait, mais je doute qu'un simple texto puisse nous sortir de ce bourbier.

Dix minutes plus tard, je me gare sur le parking privé réservé au personnel. Je presse mon père de sortir de la voiture.

– Allez, papa. Je ne dois pas être en retard.

Après avoir sermonné Stella une bonne dizaine de fois sur la nécessité d'être ponctuel, ce serait un comble !

– Je fais ce que je peux, bougonne-t-il. On peut à peine bouger dans ce machin étriqué.

J'ignore son énième commentaire sur l'ensemble Armani et pense déjà à un plan pour le faire entrer à la soirée.

– S'il te plaît, papa, laisse-moi parler, d'accord ?

Il hoche la tête. Je lui donne mes dernières instructions tandis que nous avançons.

– Tiens-toi bien droit et rentre le ventre.

Ses yeux se baissent sur sa ceinture.

– C'est ce costume, je te dis qu'il est trop petit !

Amusée, je le rassure :

– Il te va très bien. Tu es très élégant.

Alors que nous nous dirigeons vers l'entrée de la péniche délimitée par des cordons rouges, je repère l'Audi A6, à l'arrêt, en double file, de l'autre côté de la rue. La même plaque d'immatriculation. J'essaie de refouler mon inquiétude. Tant que nous serons à l'intérieur, nous ne risquerons rien. Les invités sont triés sur le volet et la sécurité a ordre de ne laisser passer personne d'autre.

Justement, Omar fronce les sourcils tandis que je me présente avec mon père, bien amoché, à l'entrée réservée au personnel.

Je m'approche de l'agent de sécurité en arborant mon plus beau sourire.

– Bonsoir, Omar. Tout se passe bien ce soir ?

– Keyah ! Tout va bien quand je te vois.

Je lui présente mon badge par habitude, et il coche mon nom sur la liste du personnel de la soirée, puis il se tourne vers mon père et attend qu'il lui présente son invitation.

Omar tente de le dissimuler mais je vois bien que le visage tuméfié de mon accompagnateur le perturbe. Il faut dire que les hématomes ne se marient pas très bien avec le style Armani.

– Bonsoir, monsieur. Votre invitation, s'il vous plaît.

Vite, j'interviens pour détourner l'attention :

– Tony vient de terminer son match de gala, tu sais, la rencontre entre les ex-stars de la boxe professionnelle. Tu en as entendu parler, non ? Ça ne se voit pas comme ça, mais Tony « le Foudroyant » vient de remporter la victoire dans la catégorie poids lourds !

Omar acquiesce pour ne pas paraître ignorant :

– Ah, oui, bien sûr. Félicitations pour votre victoire.

J'ajoute des détails pour étoffer le récit :

– Il a été impressionnant : un score serré, plusieurs rounds et un adversaire des plus coriaces.

Mon père tire la tronche. J'ai l'impression qu'il n'a pas digéré ma remarque sur la catégorie poids lourds. Tant pis, cette expression froide et dure ajoute à la crédibilité de sa fausse identité d'ex-star de la boxe.

– En fait, il est ici pour faire une surprise à son fils, un des joueurs de foot de la soirée. Je ne suis pas censée te dire de qui il s'agit, mais entre nous, il y a une grande ressemblance, non ?

Je lui fais un clin d'œil entendu. Pour sauver la face, Omar confirme d'un air assuré, puis il bredouille en baissant la tête sur sa liste d'invités :

– Euh, c'est juste que… Euh… Tony n'est pas sur la liste…

Je lui souris.

– C'est justement pour ça que ça s'appelle une surprise ! D'ailleurs, il faut qu'on aille se cacher avant que quelqu'un le reconnaisse. Ce serait dommage de tout gâcher. Je compte sur toi pour nous faire passer incognito et garder le secret, hein ?

Après une dernière hésitation, Omar accepte de nous laisser passer, mon père et moi, avec un sourire compréhensif et complice.

Cette péniche à l'intérieur cosy et intimiste peut tout de même accueillir près de trois cents personnes et une partie d'entre elles sont déjà là quand nous arrivons. Ici, le bois côtoie le végétal et d'autres matières nobles pour une décoration « bohème chic ». L'espace est très lumineux grâce aux grandes baies vitrées qui donnent sur le canal. J'installe mon père à portée de vue. Je crois qu'il prend cette histoire de fausse identité un peu trop au sérieux, il s'est inventé une nouvelle vie. Je prie pour qu'il ne se lève pas pour entamer un discours. Je lui colle un verre entre les mains en espérant le faire taire. L'alcool lui a toujours fait l'effet inverse qu'à moi.

J'accueille au mieux les invités, les oriente, les sers avec un sourire et une sérénité de façade. J'ai une mission simple : satisfaire toutes les envies de mes VIP et m'assurer que ceux qui se détestent ne se retrouvent pas côte à côte. Il ne faudrait pas qu'un des invités se fasse pousser dans l'eau : le costume serait fichu.

Mais dans mon esprit, les émotions se bousculent. Le passage à tabac de mon père, la filature de l'Audi A6 et la supercherie de l'Ombre… Je craque ! Cet escroc s'est complètement foutu de moi ! Moi qui pensais même avoir repris le contrôle, avec cette histoire de toile volée derrière nous, je me suis trompée sur toute la ligne.

Perdue dans mes réflexions, je sens soudain quelque chose se renverser sous ma main distraite. Un frisson d'horreur me parcourt lorsque je comprends que c'est mon verre qui vient de se déverser sur la chemise impeccable d'un invité Je croise le regard indigné de l'homme. J'espère qu'il ne doit pas monter sur la scène pour recevoir un trophée ! Je me confonds en excuses en nettoyant et réparant ma maladresse.

– Oh mon Dieu, je suis tellement désolée ! Je ne sais pas du tout où j'avais la tête.

L'homme marmonne, son ton mêlé d'exaspération et de déception.

– Cette chemise était neuve.

– Je comprends, je comprends…

Je continue de tamponner le tissu avec mon mouchoir, espérant que mes efforts seront suffisants pour minimiser les dégâts.

Après un moment tendu de silence, l'invité soupire et secoue la tête.

– Bon, ce n'est pas grave, ça pourrait être pire. Je vais juste aller me changer.

Je m'excuse une dernière fois, la culpabilité pesant lourdement sur mes épaules alors que je regarde l'homme s'éloigner.

Ayant assisté à toute la scène, Stella accourt immédiatement à mes côtés.

– Oh mon Dieu ! Keyah, est-ce que ça va ? Tu n'as pas l'air dans ton assiette, ce soir.

Sa pitié ne fait que m'agacer encore plus. Pourquoi en faire toute une histoire ? Ça arrive à tout le monde, non ? Enfin, plus précisément, à tout le monde sauf à moi.

– Tu veux dire que j'ai une sale tête, ce soir ? Je te remercie.

La grande blonde élancée se rattrape en bégayant.

– Non, non, pas du tout ! Ce n'est pas ce que je voulais dire. C'est juste que…

Je la coupe :

– D'accord. Merci, Stella.

Je m'éloigne. Il faut que je me calme !

Je m'efforce de mettre de l'ordre dans mes idées. J'aurai tout le loisir de laisser exploser ma colère contre l'Ombre un peu plus tard. Après tout, Rafael est sur le coup et il m'a certifié qu'il y était presque, que ce n'était plus qu'une question d'heures avant qu'il ne trouve son adresse du moment. En attendant, je dois me canaliser et m'occuper de régler la menace qui pèse sur mon père.

Je recroise Stella qui circule parmi les invités.

– Dis Stella, j'aurais bien besoin de faire une petite pause. Est-ce que tu peux gérer toute seule dix minutes ?

Ravie de pouvoir me rendre service, elle s'empresse d'accepter. Je la gratifie d'un sourire sincère en échange.

J'ai quelque chose en tête.

Mettant à profit ce moment de répit, je me décide à aller rendre une petite visite à Omar à l'entrée. Je me fraie un chemin parmi les invités qui profitent de la vue nocturne et m'approche de l'agent de sécurité, un sourire chaleureux aux lèvres.

– Omar, comment ça se passe dehors ? Tout est sous contrôle ?

Il me sourit en retour.

– Ouais, tout est calme pour le moment. Pas de vagues. On veille au grain.

Je m'installe à côté de lui, me rapproche le plus possible, puis pose une main sur son épaule. Je lui tends un soda dans un geste amical.

– Tiens, je sais que tu ne peux pas boire pendant le service, mais tu mérites bien une petite pause.

Il accepte la canette avec reconnaissance.

– Merci, Keyah. C'est sympa.

Mon regard habile scrute discrètement sa ceinture où repose un Taser.

– Ça doit être une sacrée soirée pour toi aussi, non ?

– Ouais, le boss nous met tout de suite plus de pression quand il s'agit de la sécurité des stars, mais la soirée se déroule bien, pas de débordements en vue pour le moment. Cela dit, tu sais comme moi que ces célébrités peuvent être imprévisibles.

Nous échangeons un regard de connivence.

– Oh oui, j'en sais quelque chose ! Certaines de leurs demandes sont parfois… un peu excentriques, pour rester polie !

– C'est clair. Donc bon, je reste sur mes gardes.

Son regard inspecte les alentours. Mes doigts attrapent délicatement le Taser, puis je laisse ma main glisser le long de ma jambe. Mes gestes sont fluides, presque imperceptibles, comme une danse bien orchestrée. Alors qu'Omar reporte son attention sur son soda, je glisse l'arme incapacitante dans ma jarretière. Durant tout ce temps, je continue de sourire, de maintenir la conversation, évitant tout geste suspect qui pourrait éveiller les soupçons d'Omar.

– En même temps, pour un fan de football comme moi, être ici, c'est un peu comme réaliser un rêve de gamin, tu vois ?

– Eh bien, tant mieux. Essaie de profiter un peu alors, même si tu es en service.

Je lui adresse un clin d'œil complice.

Bon, ce n'est pas qu'il m'ennuie, mais il faut que je prenne la tangente !

– Je vais te laisser reprendre, Omar. On ne sait jamais quand ça peut s'animer.

Il me lance un sourire reconnaissant.

– Merci encore pour le soda, Keyah. Ça fait du bien.

Il me salue sans remarquer le subtil vol dont il vient d'être victime.

Je retourne à l'effervescence de l'intérieur. Les discours de remerciement s'enchaînent sur la scène, ponctués de salves d'applaudissements et de crépitements d'appareils photo.

Je fais tomber mon sourire de façade lorsqu'un message de Rafael se met à clignoter sur mon téléphone.

J'ai trouvé l'hôtel dans lequel
TU-SAIS-QUI séjourne actuellement !

C'est qui le meilleur ?
Oui, je sais ! De rien !
Je suis coincé au travail. Rejoins-moi !

Enfin ! Je ne souris plus, j'exulte !

Survoltée, je prétexte une urgence pour partir discrètement de la soirée. Je n'ai pas de mal à convaincre mon père de rentrer, il lutte pour garder les yeux ouverts. Quant à ma patronne, vu mon état anormal, elle n'y trouve rien à redire.

# CHAPITRE 12
# LOUBOUTIN

Dans la voiture, je scrute les environs, rassurée par l'absence de l'Audi qui nous suivait auparavant. Ils ont dû renoncer à nous attendre devant la péniche. Ou alors, le message mystérieux de mon père les aurait-il dissuadés ? Ce dernier, sonné par ses blessures au visage et plombé par l'alcool, a sombré dans le sommeil sur le siège passager, bercé par la voix douce qui s'échappe de l'autoradio.

La route vers l'hôtel de Rafael est calme, seulement accompagnée du ronflement apaisant de mon père. À l'exact opposé de mon tumulte intérieur. Je me fais le film de mes retrouvailles avec l'Ombre. J'imagine sa surprise quand il me verra débarquer et son visage décomposé tandis que je lui cracherai au visage tout le mal que je pense de lui.

Je me gare sur le parking extérieur du Palais des songes avec une petite boule au ventre. Je décide de laisser mon père dormir. Je n'ai pas prévu d'être longue.

L'imposant édifice de ce palace étoilé me fait toujours autant d'effet, même après toutes ces années. L'entrée principale, encadrée par des colonnes imposantes, s'ouvre sur un vaste hall aux allures de galerie d'art. Les lustres suspendus au plafond diffusent une lumière douce, créant une atmosphère chaleureuse et accueillante. Le sol en marbre poli reflète la grandeur de l'endroit tandis que des tapis somptueux ajoutent une touche de confort.

Rafael m'attend à la réception dans son uniforme sombre sophistiqué, orné de boutons dorés. Nous échangeons des salutations rapides, puis il m'annonce avec excitation :

– Cet enfoiré se planque dans un hôtel tout près d'ici : le Grand Palais Hôtel. Chambre 302.

Je siffle d'admiration.

– T'es vraiment le meilleur ! Comment t'as fait ?

– J'ai mes sources. Je savais que j'y arriverais, même s'il se croit plus malin parce qu'il change toujours de fausse identité… Pff ! Comme si ça suffisait à nous arrêter !

Je trépigne :

– C'est génial, merci !

Rafael prend un air soudain plus sérieux.

– Keyah, tu dois attendre que je termine mon service. Promets-moi de ne pas y aller seule.

Je triture mes mains en me balançant d'un pied sur l'autre.

– Mais Rafael, l'Ombre est là, tout près. Je ne peux pas attendre. Imagine qu'il nous file entre les doigts ! Il m'arrivera rien, je te le promets. C'est pas comme si c'était la première fois que je me retrouvais seule avec lui.

Il secoue la tête.

– Je ne veux pas que tu prennes de risques.

Je fais la moue. Quels risques ? Je ne me suis jamais sentie en danger à ses côtés. C'est plutôt lui et son ego surdimensionné qui devraient avoir peur de ma vengeance…

– J'ai bien mérité d'être là pour voir sa tronche quand on débarquera, non ? poursuit Rafael. Tu crois quoi ? Moi aussi, je n'attends que ça, pouvoir lui casser la gueule à ce sale manipulateur !

Je souris, amusée, alors qu'il serre les poings.

– Quoi ? sourcille-t-il.

– Rien. Je trouve ça mignon.

Je sens son corps se redresser et se raidir à côté de moi alors qu'il s'offusque :

– C'est pas censé être mignon !

– Tu vas lui casser la gueule, hein ?

À travers l'épaisseur de sa veste, je tâte ses biceps presque aussi fins que mes poignets.

– D'accord, concède-t-il. Peut-être pas lui casser la gueule, mais lui dire ses quatre vérités, oui !

Une riche cliente se dirige vers lui. Elle porte des Louboutin, reconnaissables à leur semelle rouge. Des Hot Chick 100 à 745 euros. Un classique indispensable à toute garde-robe.

Je profite de l'intervention de cette dame pleine de goût pour m'éclipser.

– Bon, je te laisse bosser. Merci encore !

Je tourne les talons. La voix de Rafael dans mon dos me réprimande :

– Keyah, tu n'as pas promis !

Je lance, sans me retourner :

– Je sais.

De retour dans ma Mercedes, je vérifie que mon père est toujours endormi profondément. J'hésite avant de mettre le contact parce que les avertissements de Rafael tournent dans ma tête. Je ne veux pas le décevoir, mais la tentation de céder immédiatement à l'impulsion qui me pousse à surprendre l'Ombre est grande.

Oh, et puis, ça ne nous concerne que tous les deux ! L'Ombre et moi, dans un dernier face-à-face… Mes mains serrent le volant, et je prends la direction du Grand Palais Hôtel, déterminée à obtenir des réponses.

## CHAPITRE 13

## JUDITH LEIBER

Je sors de l'ascenseur au troisième étage. Les motifs géométriques de la moquette forment un chemin structuré qui contraste avec le chaos de mes pensées. Le couloir s'étend devant moi, ponctué de vitrines élégantes dans lesquelles trônent des sculptures d'artistes célèbres. J'imagine parfaitement l'Ombre se complaire ici ! Ces objets somptueux sont exposés ici comme des œuvres d'art. Le temps de trouver la force nécessaire pour aller toquer à la chambre 302, je m'autorise à m'arrêter devant le sac Fabergé de Judith Leiber, clin d'œil au célèbre œuf de la marque de joaillerie. Mes yeux parcourent les détails de la minaudière créée par la designer en 1983. Les cristaux Swarovski recouvrent le sac en forme d'œuf et forment une mosaïque colorée. Magnifique.

Une grande inspiration plus tard, je frappe à la porte de la chambre de l'Ombre.

Lorsqu'il m'ouvre, je le découvre torse nu et tout sourire : il n'a pas l'air étonné de me voir. Sa nonchalance m'irrite instantanément.

Il m'invite à entrer d'un geste qui se veut élégant, puis m'observe calmement avec un sourire énigmatique pendant que je balaie la pièce du regard. Mon attention est soudain attirée par la toile déroulée contre le mur.

Oh le…

Un frisson d'appréhension me traverse alors que les pièces du puzzle s'assemblent dans mon esprit.

– Tu n'as pas fait l'échange… Je n'ai jamais été en possession du vrai tableau. Depuis le départ, j'avais un faux !

Il ne dément pas. Son regard énigmatique ne vacille même pas.

– Tu savais qu'on ne parlerait que du vol dans les médias ! insisté-je. Tu savais qu'en disparaissant et en me laissant seule avec le tableau, je croirais forcément que c'était le vrai.

La perplexité me submerge, laissant place à une colère bouillonnante. Mes mains se crispent en poings serrés et je secoue la tête.

– Mais pourquoi ?

Sans se départir de son ton naturel et décontracté, il prend une petite inspiration avant d'expliquer :

– Tu croyais vraiment que j'allais prendre le risque de te laisser le vrai ? Ou que j'allais rendre cette magnifique œuvre après l'avoir volée ?

Certes, mais ça n'explique pas tout. Surtout pas son comportement envers moi.

Un nouveau morceau du puzzle s'assemble dans ma tête et éclaire mes pensées d'une froide révélation.

– C'est toi qui as appelé les flics pour leur dire que le voleur était à l'hôtel…

L'Ombre acquiesce, fier de lui. Il est impressionné par la rapidité de mon raisonnement.

Je hurle :

– Tu parles d'une petite vengeance pour ta montre ! J'aurais pu aller en taule pour des décennies avec tes conneries !

Son calme contraste avec ma rage quand il me contredit :

– Mais tu t'en es sortie comme une cheffe.

Son arrogance m'écœure.

– Pour qui tu te prends, à jouer avec la vie des gens comme ça ? Et pourquoi ne pas m'avoir tout révélé hier soir ?

– Parce qu'il s'est passé quelque chose de mon côté avant que je te retrouve au musée. Un de mes amis vient d'être arrêté.

– Lui aussi, tu l'as dénoncé aux flics ? asséné-je.

Il ignore ma pique et poursuit :

– Nous étions associés pour mon prochain coup, mais le temps que ses avocats le fassent sortir, notre fenêtre de tir sera refermée. Ça ne peut pas tomber plus mal. J'ai besoin de quelqu'un en urgence, quelqu'un de disponible dans le coin et tout de suite.

Je lève un sourcil, voyant effectivement où il veut en venir. Il se fourre le doigt dans l'œil, là !

Il ne me laisse pas le temps de protester qu'il enchaîne :

– J'avais déjà eu un aperçu de tes talents à la galerie, mais je ne pensais qu'à jouer avec toi pour te faire payer le vol de ma montre. C'est en t'observant au musée que l'évidence m'a frappée. Je t'ai vu à l'œuvre, j'ai vu comment tu as échappé à la police, comment tu es entrée au musée, comment tu as réussi à me retrouver… Aucun doute, tu seras parfaite pour le rôle ! Félicitations et bienvenue dans l'équipe !

L'incompréhension se mêle à l'incrédulité. Un rire nerveux m'échappe :

– Attends, quoi ?! Tu crois vraiment que je vais faire un coup avec toi, après ce que tu m'as fait ?

Son ton devient glacial, son visage se fige, ses yeux lancent des éclairs et ses poings se serrent quand il me balance :

– Je ne te laisse pas le choix, Keyah.

Chaque muscle de mon corps se glace alors qu'il me montre enfin son vrai visage, celui d'un prédateur prêt à fondre sur sa proie, sa mâchoire carrée si crispée qu'elle paraît encore plus anguleuse que d'habitude.

– Je pourrais facilement te faire accuser du vol de *L'Appartement de jalousie*. N'oublie pas que je te surveillais, donc je sais comment tu t'y es prise pour entrer dans le musée. Un coup de fil et les flics auront toutes les preuves nécessaires sur les caméras de surveillance. Tu es coincée avec moi.

Ma colère, jusqu'ici contenue, éclate sur lui. Je le pousse de toutes mes forces et laisse un cri de rage s'échapper de moi. Je refuse catégoriquement de me laisser entraîner dans ce jeu, même si, au fond, je sais qu'il a réussi à refermer le piège autour de moi. L'Ombre recule, visiblement surpris par ma hargne. Presque sonné, il cligne des yeux et me dévisage comme s'il ne reconnaissait pas la personne qui lui fait face.

– Tu n'es qu'un sale connard manipulateur ! Quel genre de type malsain couche avec une fille pour la contraindre à voler pour lui ?! Espèce de taré !

Je veux quitter la chambre, claquer la porte, faire du bruit, l'abandonner, ne plus lui donner la satisfaction de respirer le même air que lui.

Je me jette sur la porte.

Mais il me retient fermement par le bras :

– Ne fais pas ça ! Attends !

Sa demande sonne comme un mélange d'autorité et d'une pointe de supplication. Tout d'un coup, il a perdu un peu de sa superbe. Je crois que même s'il se doutait de ma réaction, il n'avait pas imaginé qu'elle serait de cette ampleur.

Je me dégage de sa poigne et recule de deux pas. J'ai besoin de mettre de la distance entre nous, même si ce n'est que symbolique. Mais, il ne m'en laisse pas l'occasion. Il fait deux pas en avant pour reprendre d'autorité la place qu'il occupait, comme si elle lui appartenait de droit. Son odeur boisée et musquée, mêlée à celle du savon, gagne mes narines. Il sort de la douche, ce qui explique ses cheveux légèrement humides et son torse nu m'offrant une vue que je m'efforce de ne pas apprécier. Surtout pas maintenant.

Pense-t-il encore pouvoir jouer avec cette attirance et continuer à la manipuler à sa guise ?

Visiblement, oui, puisqu'il tend la main vers ma joue, avec une lenteur exagérée. Sa mâchoire est plus détendue. De prédateur, il est passé à une attitude où il semble chercher à m'apprivoiser en évitant des gestes brusques tandis que ses yeux radoucis espèrent capter mon regard. Comme si c'était aussi simple !

– Keyah, écoute, je…

Je m'écarte et l'interromps sèchement d'une voix glaciale :

– Épargne-moi tes explications et tes justifications à deux balles. Tu m'as manipulée, tu as essayé de jouer avec mes sentiments, et ça, c'est impardonnable.

Il tente de garder son calme, mais je vois une lueur d'incertitude dans ses yeux.

– Écoute, Keyah, tu mélanges tout. Ce qui s'est passé entre nous n'a rien à voir. Ce que je t'ai caché, c'était pour…

Il hésite, puis il esquisse un nouveau geste de la main vers mon visage. Cette fois, je n'ai pas le temps de l'intercepter. Son contact me dégoûte et m'effraie en même temps. Je suis écœurée qu'il ose me toucher après ce qu'il a fait et en même temps, je crains qu'il réussisse à m'amadouer ne serait-ce qu'un petit peu.

Je veux conserver mon rempart de colère intact et ne pas lui céder même une infime parcelle.

Déterminée à reprendre le contrôle de la situation, je recule d'un grand pas, remonte l'ourlet de ma robe jusqu'à mi-cuisses et, avant que l'Ombre puisse comprendre ce qui lui arrive, je dégaine l'arme coincée dans ma jarretière. Il a à peine le temps d'identifier ce que je tiens dans la main qu'il reçoit un choc électrique, s'étale par terre et convulse.

Délectable.

C'est comme si c'était ma propre énergie, alimentée par ma rage, qui l'avait mis au tapis. J'ai l'impression qu'une bonne partie de ma colère vient de sortir de moi pour se déverser sur lui en décharges électriques. Sa vulnérabilité me console en partie de la trahison qu'il a orchestrée. Est-ce que je suis sadique ? J'ai rarement autant jubilé devant un spectacle. Ces machins sont plus puissants que je ne le pensais ! J'attends qu'il ait terminé de s'agiter comme un ver pour capter son attention.

Je me penche au-dessus de lui, triomphante :

– C'est vrai que le *courant* passe plutôt bien entre nous ! Mais tu peux bien mettre ta menace à exécution si ça te chante, mon cher, ça ne m'empêchera pas de refuser ton offre. Et si tu m'emmerdes trop, je n'hésiterai pas à t'accueillir de nouveau avec mon ami…

L'Ombre a du mal à soutenir mon regard sans ciller alors que j'agite mon Taser devant lui. Tous ses muscles semblent ramollis, à bout de forces.

Alors que je me redresse, victorieuse, il m'agrippe fermement par la taille, à l'endroit où ma robe est toujours retroussée, et me fait basculer. Je tombe sur lui, puis il nous fait rouler sur la moquette jusqu'à ce que je me retrouve au-dessus de son corps à moitié dénudé. Dans cette posture, nos bassins soudés l'un à l'autre, il me paraît évident que tous ses muscles, jusqu'au dernier, fonctionnent parfaitement. À croire que la décharge lui a donné de l'énergie sexuelle ! Cependant, munie de mon Taser, j'ai le contrôle de la situation. Il est à ma merci…

D'une touche d'humour cinglante, je fustige :

– On dirait que tu as aimé ça. Tu veux qu'on retente l'expérience ?

Je brandis mon arme bien en évidence sous ses yeux.

– Lâche ce truc, gronde-t-il.

Je secoue la tête.

– S'il te plaît, Keyah. Pose-moi ça. Je ne voudrais pas que tu te prennes une décharge accidentelle.

Son visage se retrouve si près du mien que sa bouche charnue chatouille mes lèvres. Son corps sous moi me réchauffe et ravive les souvenirs des nuits précédentes. Je pourrais m'oublier avec tellement de facilité dans ses bras athlétiques : oublier d'être forte, oublier l'épée de Damoclès qu'il a mise au-dessus de ma tête, oublier les problèmes de mon père… Juste céder à la tentation, me connecter à l'Ombre, sentir sa chaleur, son envie, savourer encore la sensation d'être le premier de ses désirs, de devenir importante et précieuse, de compter vraiment pour lui, même si ce n'est que le temps de quelques minutes.

Mais je ne suis pas de celles qui cèdent à la facilité. Mes yeux vont de sa bouche à la toile oubliée contre le mur et je murmure tout contre ses lèvres :

– Alors c'est ça, ton truc ? Tu voles les belles choses juste pour le plaisir de ressentir qu'elles t'appartiennent, puis tu les abandonnes dans un coin ? Tu fais pareil avec les femmes ?

Un voile passe dans ses yeux, mais il se ressaisit très vite :

– Pourquoi est-ce que j'abandonnerais celle que je veux comme partenaire ?

– Pourquoi est-ce que je collaborerais avec toi ? Je. N'ai. Pas. Besoin. De. Toi.

Cette fois, il répond du tac au tac sans réfléchir, sûr de lui :

– C'est justement pour ça que tu me plais.

Je fais comme si cette déclaration me laissait indifférente.

– Je parie que ça marche à tous les coups. Tu obtiens toujours ce que tu convoites, n'est-ce pas ? Soit on te l'offre, soit tu le prends par toi-même…

Les traits de son visage se durcissent. Sa mâchoire se crispe légèrement.

– Crois-moi, ça n'a pas toujours été le cas. Mais maintenant, oui, je fais ce qu'il faut pour avoir ce que je veux.

– Tu ne te contentes pas d'avoir, tu possèdes. Et moi, je refuse de t'appartenir.

Pendant qu'il médite sur cette dernière phrase, je me dérobe. Il me laisse faire alors que je me remets debout et redescends l'ourlet de ma robe sur mes jambes. Assis par terre, à côté du Taser, l'Ombre masque mal sa déception. Son regard se veut assuré, mais les doigts de sa main gauche tapotent nerveusement la moquette. Son torse nu me laisse tout le loisir d'observer la tension qui s'accumule dans son cou et fait gonfler ses veines. Si on jouait au poker, je lui mettrais une raclée !

Nonchalamment, je me saisis de la peinture. Je me perds dans les yeux de cette femme, sûre d'elle et conquérante, malgré les conditions de l'époque.

– Tu l'aimes vraiment, cette œuvre ? Ou bien tu l'as choisie pour moi, pour m'impressionner en espérant que j'accepte de faire équipe avec toi ?

Il affirme en me regardant droit dans les yeux, comme s'il parlait plus de moi que de la toile :

– Elle me plaît vraiment.

– Vraiment ? Hum… C'est ce qu'on va voir !

Je commence à passer doucement mes ongles longs sur la surface de la peinture puis les enfonce carrément et me mets à gratter.

En un instant, l'Ombre bondit sur ses pieds. Les effets du Taser se sont complètement dissipés.

– T'es folle ? Arrête ça ! Qu'est-ce que tu fous ?!

Sa réaction m'amuse. J'aime avoir réussi à le surprendre. J'aime le doute que je lis dans ses yeux :

« De quoi est-elle capable ? Jusqu'où est-elle prête à aller ? » Et plus que tout, j'aime avoir repris le contrôle de la situation.

– Très bien, tu as gagné.

Je ne veux pas gâcher ma manucure.

Je retire mes ongles de la toile mais ne la repose pas pour autant. J'ai une bien meilleure idée !

Je me dirige maintenant vers le balcon. J'ouvre la porte-fenêtre avec précaution et laisse le doux murmure de la brise nocturne s'infiltrer dans la pièce. La toile que je tiens dans mes mains frémit légèrement. L'Ombre me suit, visiblement déstabilisé. Alors que je fais quelques pas sur la terrasse, sentant la fraîcheur de la nuit, j'admire les lumières parisiennes qui scintillent comme des joyaux dans l'obscurité. Je m'approche de la balustrade et laisse le vent faire claquer la toile. Ma Mercedes, en contrebas, se dessine à peine dans la pénombre. Les reflets de la peinture noire scintillent faiblement. Heureusement, l'obscurité dissimule encore mes mouvements. Aucun voisin curieux ne reconnaîtra *L'Appartement de jalousie* ni ne s'inquiétera pour moi.

L'Ombre reste en retrait dans l'encadrement de la porte-fenêtre, silencieux. Il observe la scène avec une intensité palpable. Son regard ne me lâche pas pendant que je retire mes escarpins. La fraîcheur du béton sous mes pieds nus me surprend. Je retrousse à nouveau ma robe jusqu'à mi-cuisse et me donne ainsi une liberté de mouvement essentielle pour ce qui va suivre : enjamber le garde-corps du balcon. Je m'exécute avec grâce, la toile délicate tenue du bout des doigts de ma main gauche, rendant mon équilibre déjà précaire de plus en plus difficile. Sans compter le vent qui la fait danser et me donne l'impression de tenir un objet vivant.

La voix de l'Ombre derrière moi n'est plus du tout joueuse.

– Putain, Keyah, ça suffit ! Qu'est-ce que tu cherches à prouver ? T'essaies de te tuer, c'est ça ?

Je distingue nettement la peur dans sa voix. Elle a pris des intonations vibrantes que je n'ai encore jamais entendues chez lui. Je m'aperçois qu'il ne s'est toujours pas avancé sur le balcon.

– Tu as peur ou quoi ? Tu as le vertige ?

Il est de plus en plus crispé et je comprends que j'ai visé dans le mille. Je ne peux m'empêcher d'éclater de rire.

– Sérieusement ? Au moins, je sais maintenant que tu n'escalades pas les murs et que tu n'entres pas par les fenêtres pour voler !

– T'es déçue ? T'as cru que j'étais Spiderman ? Tu veux bien descendre maintenant ? C'est plus drôle du tout !

– Demande-moi « s'il te plaît » !

Sa voix gronde derrière mon dos :

– Keyah.

– Allez, tu ne voudrais pas que je tombe… Ou que je laisse tomber la toile ! D'ailleurs, qu'est-ce qui t'attristerait le plus ? Si tu ne pouvais en sauver qu'une seule, la toile ou moi, tu choisirais quoi ?

– Tu préfères ne pas le savoir.

Soudain, des cris déchirants montent de la rue en contrebas. Je reconnais le timbre inimitable de mon père !

Mon instinct prend le dessus et je me penche en avant pour tenter de distinguer la scène qui se déroule en bas. Mon pied gauche dérape sur la rambarde et me fait glisser. Un cri m'échappe, un cri de panique, alors que je lâche la toile pour tenter de me rattraper à la barrière du balcon.

Le cœur battant la chamade, je m'imagine déjà m'écraser contre le bitume quand soudain, les mains fortes et sûres de l'Ombre s'agrippent fermement à mes bras.

– Je te tiens !

Avec son aide, je repasse de l'autre côté de la balustrade.

Pas le temps de souffler ! Je m'élance, pieds nus, vers l'intérieur de la chambre. J'entame une course effrénée à travers les pièces, puis les escaliers de cet hôtel beaucoup trop grand ! Chaque marche qui résonne est comme un compte à rebours. La panique m'étreint. Les cris de mon père résonnent encore dans mes oreilles quand l'Ombre me devance.

Alors que sa silhouette agile fend l'obscurité des escaliers, il me crie :

– Putain, Keyah, la toile ! T'as plutôt intérêt à ce qu'elle n'ait rien !

Je l'entends à peine. La crainte de perdre mon père l'emporte sur toute autre considération. Je crois que les gars de la berline noire ont retrouvé ma voiture et qu'ils sont en train d'emmener mon père de force.

# CHAPITRE 14

## BREITLING

Je déboule dans la rue et me précipite vers ma voiture. Les gravillons s'enfoncent dans la plante de mes pieds, mais je remarque à peine la douleur.

Ces connards ont brisé la vitre côté passager pour enlever mon père ! Les éclats de verre un peu partout m'inquiètent. J'espère qu'il n'a pas de blessures graves, lui qui était déjà bien amoché.

Une fois derrière le volant, je mets le contact et démarre en trombe, sans même me soucier de l'Ombre qui ramasse encore sa précieuse toile sur le trottoir. Mes yeux scrutent frénétiquement chaque recoin sombre de cette ville alors que je roule sans vraiment savoir par où commencer cette course-poursuite. Ils sont déjà loin… À chaque arrêt, je tente de rappeler mon père, comme s'il y avait la moindre chance qu'il décroche enfin. Les rues défilent. Je change de directions de manière aléatoire sous le coup de la nervosité, jusqu'à ce que je ne sache plus où je suis déjà passée. Bouleversée, je tourne en rond. Je prends des sens interdits et entends à peine les klaxons des autres automobilistes.

Rien n'y fait, la berline noire reste insaisissable.

Après une bonne demi-heure de recherche désordonnée et infructueuse, je m'arrête au bord de la route, à bout de nerfs. Je n'ai aucune idée d'où je me trouve. Je reste assise dans la voiture, les mains crispées sur le volant, la respiration rapide.

Terrifiée et à court d'options, j'appelle Fabrice. J'ai besoin de faire quelque chose et lui aura sûrement plus de ressource que moi pour retrouver quelqu'un. Il me doit bien ça, non ?

Quand il décroche, un vacarme assourdissant couvre ses mots.

– Allô ? Fabrice ? Tu m'entends ?

Dans le brouhaha, je ne saisis qu'un mot sur trois. Juste de quoi comprendre qu'il est à L'Obsédant.

***

En arrivant sur le parking de la boîte de nuit, je prends conscience que je n'ai toujours pas de chaussures. Même s'il me connaît, le videur ne me laissera pas entrer comme ça.

Me voilà donc obligée de marchander comme une poissonnière avec une fille qui fume sur le parking. J'ai beau lui certifier que ce n'est que l'affaire de cinq minutes et que je vais lui rendre ses talons délavés – je vais vraiment le faire, ils sont hideux ! –, elle est difficile à convaincre. Avec les péripéties de ce soir, mes talents de persuasion ne sont pas à leur apogée. Finalement, je lui propose de prendre ma montre en gage pour qu'elle capitule. Une Breitling Super Chronomat ! Si elle avait ne serait-ce qu'une petite idée de ce que ça vaut, elle s'enfuirait avec. Mais je crois que je peux conclure sans trop me tromper qu'une femme qui porte des talons à plateforme aussi laids n'a aucune connaissance en montres de luxe et en jolies choses, en général.

Je pénètre dans L'Obsédant et me retrouve plongée dans une obscurité tamisée sous des faisceaux de lumière qui dansent au rythme de la musique. Je repère Fabrice à l'intérieur, flanqué du stagiaire. Je me précipite à sa rencontre en me fichant pas mal qu'il soit au beau milieu d'une mission d'infiltration ou non.

– Keyah ? s'étrangle-t-il, alors que je saisis son bras un peu trop fort.

En le voyant se dégager vivement dans un geste de défense, je me rappelle que je dois mieux gérer ma panique. Je suis pickpocket, pas ninja, je ne ferais pas le poids face à un flic surentraîné, même s'il a dépassé la quarantaine.

– Brigadier-chef, le salué-je d'un ton volontairement plus calme.

J'ignore complètement le stagiaire qui, vexé, reporte son attention sur son téléphone, comme pour me faire savoir qu'il est overbooké par ses fonctions *très importantes* de brigadier. Je le vois taper le mot de passe de sa messagerie : InspecteurGadget1998. Je souris. Plus ringard, tu meurs !

Fabrice, lui, me dévisage et fronce les sourcils avant de demander :

– Qu'est-ce qui t'amène, Keyah ? Tu t'es fourrée dans des ennuis ?

Ma voix est légèrement tendue quand je lui réponds du tac au tac :

– Pas moi. Mon père.

Je n'ai pas pour habitude de m'épancher sur les problèmes de mon père, mais la situation est critique, je n'ai pas le choix.

– Ton père ?

Sa surprise ne m'étonne pas, je ne lui parle presque jamais de lui.

– Il a de grosses dettes de jeux. Des gens pas nets à qui il doit 800 000 euros. Ils viennent de l'enlever.

Je scrute sa réaction. Il affiche une expression sérieuse et concentrée. Seul son regard compatissant trahit un peu d'empathie. Je lui tends un Post-it sur lequel j'ai griffonné à la va-vite.

– Tiens, c'est leur plaque d'immatriculation.

Fabrice hausse un sourcil. Il s'empare du bout de papier et l'étudie d'un œil distrait. Il le plie méthodiquement puis croise les bras sur son torse tout en reculant un peu le haut de son corps comme pour se mettre légèrement en retrait et arborer une attitude professionnelle.

– Où a-t-il l’habitude de jouer ? me demande-t-il avec un calme qui contraste avec l’urgence que je ressens jusque dans mes veines.

– Au Diamant noir, le casino sur l’avenue Foch.

– Avec qui ?

– Je ne sais pas trop.

– Ça fait longtemps qu’il a des problèmes de jeu ?

Ce festival de questions m’insupporte.

– Mais qu’est-ce que ça peut bien faire, tout ça ? Il vient d’être enlevé, il faut qu’on se bouge, et tout de suite !

Il met ses deux mains en l’air devant lui, comme un rempart entre nous.

– Attends, attends une minute. Calme-toi. Il y a des procédures, Keyah. Il faut que tu déclares sa disparition et qu’on ouvre une enquête.

– Putain ! T’es sérieux, là ? m’emporté-je.

Il réplique d’un ton cinglant :

– C’est la loi, Keyah. Elle est la même pour tout le monde, au cas où tu l’aurais oublié.

À côté de nous, le stagiaire se contente de hocher la tête, manifestement satisfait de me voir repoussée dans mes cordes. Je prends plaisir à le dépouiller à nouveau à son insu, sans la moindre culpabilité, avant de me résigner. Fabrice ne me sera d’aucune aide dans l’immédiat.

Il y a quelques années, sous le coup d’une arrestation, je l’avais convaincu de conclure un arrangement pour échapper à la peine de prison. Depuis, il ferme les yeux sur mes vols et en échange, j'utilise mes talents de pickpocket pour récolter des preuves qui l'aideront à arrêter de plus gros poissons que moi.

Avec le temps, nous avons développé une relation plus complexe. Fabrice m'a prise sous son aile dans un moment critique de ma vie, lorsque je risquais de sombrer dans les méandres du système judiciaire. Je crois que même s'il reste attaché au respect de la loi, il reconnaît mes compétences et mon utilité dans ses enquêtes. Seulement, notre contrat s'arrête là. Il n'a aucune raison valable de faire passer l'enlèvement de mon père comme une de ses priorités. Il ne me doit rien. Si je veux aller vite, je ne vais pouvoir compter que sur moi.

– OK, te fatigue pas, j'ai compris.

Fabrice ferme les yeux brièvement, comme pour dissimuler sa contrariété, puis il secoue légèrement la tête. Il me connaît suffisamment pour savoir que je n'apprécie pas son manque d'implication et que je ne vais pas attendre les bras croisés qu'il daigne lever le petit doigt.

Je tourne les talons et rejoins la sortie à grandes enjambées sans me retourner.

Sur le parking, impossible de remettre la main sur la fille qui a ma Breitling. Putain de soirée de merde ! Le pire, c'est que je suis sûre que cette gourde va la refourguer pour 1 000 balles alors qu'elle en vaut dix fois plus. Heureusement que je venais de voler cette montre il y a seulement deux semaines. Je n'ai pas eu le temps de trop m'y attacher.

De retour dans ma voiture, j'ai au moins une petite raison de me réjouir. Non, je n'ai pas volé la montre du stagiaire, mais j'ai mieux : sa carte de police – je l'utiliserai comme modèle pour m'en fabriquer une fausse, ça peut toujours servir – et surtout, son badge de sécurité du commissariat.

## CHAPITRE 15
## JORDAN

Les bureaux du commissariat sont plongés dans l'obscurité. Depuis le trottoir d'en face, je repère seulement deux hommes en train de taper à l'ordinateur.

Je retourne à ma voiture, garée dans une rue parallèle, juste le temps de récupérer un briquet avant de revenir sur mes pas. En quelques secondes, je mets le feu à une poubelle qui se situe juste dans le champ de vision des policiers. Il suffirait que l'un d'eux regarde par la fenêtre pour se rendre compte des flammes. Mais ils ne réagissent pas.

Il leur faut quoi, un feu d'artifice ?

Je tente de jeter une pierre sur la fenêtre du rez-de-chaussée. Il me faut plusieurs tentatives pour atteindre mon objectif, car la vitre est protégée par une grille. Enfin, au bout d'un énième lancer, les cailloux ricochent sur le verre et attirent l'attention des flics vers l'extérieur. Je n'entends pas ce qu'ils se disent, mais je vois à leur agitation que la diversion fonctionne. Je profite de ce qu'ils soient absorbés par le spectacle pyrotechnique que je leur ai offert gracieusement pour me glisser vers une porte sécurisée un peu en retrait sur la droite. Je prie pour que le stagiaire ait un badge digne de ce nom et je suis exaucée quand le point lumineux rouge passe au vert.

Une fois à l'intérieur de la grande bâtisse en pierres, je me faufile à l'étage grâce au premier escalier sur lequel je tombe. Je grimpe vite – les chaussures à plateforme hideuses ont cet unique avantage d'être plus stables – et je débouche sur un open-space plongé dans la pénombre. Dès que la lampe torche de mon téléphone est allumée, j'avise les bureaux regroupés par grappes de deux ou trois. En toute logique, le nouveau doit avoir le plus pourri. Je mettrais ma main à couper qu'on ne lui a pas donné un emplacement avec vue sur l'extérieur. Je m'éloigne des fenêtres pour me diriger vers les bureaux qui longent le mur.

Une photo d'enfants, des dessins de bonshommes sans cou et des maisons en une dimension ? Non, trop immature pour avoir des mômes.

Je passe au bureau suivant.

Un mug à l'effigie d'une équipe de rugby ? Si j'en crois le mot de passe de sa messagerie, il aime plutôt le foot.

J'avise le bureau dans le coin à côté de la déchiqueteuse. Pas d'effets personnels, ce qui peut signifier qu'il n'a pas encore eu le temps de s'installer. J'ouvre un tiroir, vide, puis un suivant, et trouve un déo bon marché. Bingo ! Le stagiaire sentait le parfum d'enseigne de supermarché à plein nez. En plus, l'emplacement de travail est situé à côté des toilettes et de la machine à café. Il n'y a que les bleus qu'on traite de cette façon.

Je m'assois à son poste, allume la console et l'écran. Bien sûr, on me demande un mot de passe. Le stagiaire est-il assez con pour utiliser le même à son boulot que sur sa messagerie personnelle ? Je tape « InspecteurGadget1998 ».

Verdict… Oui ! Il a bien mérité sa place à côté des WC.

Sa session s'ouvre sur une vieille photo de Michael Jordan en plein match. Bon, apparemment, le stagiaire n'apprécie pas que le foot. Personnellement, la NBA ne m'intéresse pas, mais la paire emblématique de Bred Air Jordan XIII, elle, ne manque pas d'attirer mon regard. J'ai lu qu'une société d'enchères l'a vendue pour la somme record de 2,2 millions de dollars !

Bref, Keyah, concentre-toi ! Mon objectif est de faire une recherche avec la plaque d'immatriculation des ravisseurs. J'écume quelques dossiers, mais rien ne se rapporte à ce qui m'intéresse. Je cherche un signalement de berline noire mais me retrouve dans une impasse. Il y a beaucoup trop d'occurrences. Je n'ai pas le temps de toutes les examiner. Sans trop y croire, je tente de trouver un logiciel qui me permettrait de géolocaliser le téléphone de mon père. En vain. Tout ça pour rien. Je ne suis pas plus avancée sur les kidnappeurs. Comme quoi, le travail des flics est bien plus barbant que ce qu'on voit à la télé !

Dépitée, je m'apprête à éteindre l'ordinateur et à quitter les lieux quand mon portable émet un « bip » bien trop fort dans l'open-space désert. Quelle erreur de débutante ! Le stress de savoir mon père en danger me fait perdre tous mes moyens.

Foutue pour foutue, je prends le temps d'ouvrir le SMS et découvre qu'il provient des ravisseurs. Une photo sombre de mon père bâillonné s'affiche alors sur mon écran avec une légende qui dit :

Nous exigeons une rançon de 1 million d'euros.
Rendez-vous dans 10 jours avec l'argent
au parc Zéphyr. 15 heures. Sous le plus grand
chêne. Pas d'entourloupes et pas de flics
ou il mourra. Nous savons qui tu es.

Putain, mon père avait dit qu'il devait 800 000 euros. Pourquoi ça augmente aussi vite ? Et puis, qu'est-ce qu'ils veulent dire par « nous savons qui tu es » ? Moi, je ne sais pas qui ils sont, et c'est bien ça mon problème ! Mes yeux restent scotchés sur la photo de mon père. Son visage ne me paraît pas plus abîmé qu'il ne l'était déjà. Mais j'ai eu un aperçu de ce qu'ils sont capables de faire. Ces types ne plaisantent pas. Je scrute chaque détail pour tenter de découvrir un indice sur l'endroit où il est détenu, me faire une idée de son état physique, déceler un message secret dans son regard…

Soudain, une voix masculine derrière moi me fait sursauter.

– Hé vous ! Qu'est-ce que vous faites ici ?

Merde. Je ne l'ai pas entendu arriver.

Je pivote lentement pour lui faire face, essayant déjà d'imaginer un prétexte plausible. Mais aucune idée valable ne me vient assez vite pour justifier ma présence.

L'homme en uniforme ordonne :

– Éloignez-vous de ce bureau et avancez de deux pas vers moi.

Je m'exécute. Il m'aveugle avec sa lampe torche et hausse le ton.

– Je répète : qu'est-ce que vous foutez ici ?

Tétanisée, je suis à court d'imagination. Je panique complètement ! Comment aider mon père si je me fais arrêter ? C'est la pire configuration possible ! Et pour le coup, je ne vois pas du tout comment je pourrais me tirer de cette situation.

Face à mon mutisme, l'agent perd patience :

– Bon, ça suffit. Suivez-moi en bas.

***

L'agent de police, le regard dur et le ton sévère, m'a escortée jusqu'à cette cellule sans que je puisse opposer la moindre résistance. Se défaire d'un policier armé, ce doit être encore plus difficile que de lutter contre une horde de bonnes femmes en période de soldes, prêtes à tout pour la dernière paire de Jimmy Choo, pointure 39. En plus, il n'y a pas d'escarpins à la clé ! Non, merci, je passe mon tour.

Mon portable m'a été confisqué, me voilà donc privée de tout contact avec le monde extérieur. De toute façon, qui aurait pu me sortir de là ? Fabrice ? J'ai bien compris que je ne pouvais pas compter sur lui ! Je n'ai même pas pu prévenir Rafael. Personne ne sait que je suis ici. Je suis désespérément seule.

La panique monte alors que les mots des ravisseurs résonnent dans ma tête. Mes pensées tournent en boucle et me renvoient inlassablement à l'image de mon père bâillonné sur l'écran de mon portable. La demande de rançon de 1 million d'euros plane comme une menace irréelle. Il est entre les mains de criminels, et moi, je suis enfermée ici, incapable de le protéger. Qui va l'aider maintenant ? Que va-t-il devenir si je reste là ? Je ne peux pas me sauver de cette cellule alors que chaque minute compte dans cette course contre la montre.

J'ai froid. Les larmes menacent de couler mais je m'efforce de les retenir.

Soudain, une voix familière me parvient :

– Bonsoir. Je viens chercher Keyah Diaby.

Ça, ce n'est pas Fabrice.

Je me colle aux barreaux pour apercevoir l'homme qui vient de faire son entrée dans le hall… Merde ! L'Ombre est au commissariat et ce n'est pas lui qui est derrière les barreaux !

## CHAPITRE 16
## CALVIN KLEIN

Le policier le toise d'un regard noir alors que l'Ombre ne se départit pas de son attitude décontractée. De ma cellule, je discerne à peine un quart de son profil, mais j'imagine le sourire narquois qu'il affiche. Il porte une chemise blanche sous laquelle je devine ses trapèzes développés. Même de ma position, j'identifie le modèle Calvin Klein grâce aux initiales brodées sur la manche.

À la limite de la provocation, l'Ombre s'appuie sur le bureau du flic comme s'il était accoudé à un bar où il a ses habitudes.

– Ce n'est pas une garderie ici.

L'homme en uniforme lui a répondu d'un ton cinglant, mais je le sens déstabilisé par la scène qui se joue devant lui.

– Ça tombe bien, ce n'est pas ma fille que je viens chercher. Keyah Diaby : un regard de braise, maligne, des jambes interminables, un peu insolente et un sacré caractère, ça ne vous dit rien ?

Si l'Ombre est là pour moi, je sais qu'avec ses compétences et sa détermination, il sera mon ticket de sortie. Mes pensées s'embrouillent entre gratitude, soulagement et ressentiment. J'aurais préféré ne pas être dépendante de lui, mais mon père a besoin de moi. Je ne vais pas chipoter.

Le policier, lui, reste coi face à l'aplomb de l'Ombre qui ne manque pas d'en profiter. Avec l'autorité naturelle qui le caractérise, il lui tend ce que je devine être une pièce d'identité :

– Martial Beaume. Vous devriez rentrer mon nom dans votre système et passer un coup de fil. J'attends.

L'Ombre pianote des doigts sur le bureau. Il dégage une telle assurance que le policier s'exécute. Il quitte son bureau avec la carte d'identité pour se concerter avec son collègue hors de mon champ de vision.

J'observe l'Ombre à son insu. *Martial Beaume.* Je fais tourner ce nom dans ma tête, en détache chaque syllabe. J'essaie de faire coïncider le patronyme avec l'homme que je connais. Est-ce son vrai nom ? Est-il en train de baratiner le flic ? Comment le savoir avec quelqu'un comme lui ?

En tout cas, le policier revient quelques minutes plus tard, accompagné de son collègue. Leur attitude a bien changé : ils lui lèchent les bottes, lui présentent des excuses, affichent de grands sourires hypocrites, lui proposent un café et même une chaise confortable le temps de remplir les formulaires.

– Ne vous en faites pas, ce ne sera pas long, termine l'officier.

Je suis subjuguée par ce spectacle. Par quel miracle l'Ombre a-t-il réussi à les embobiner aussi facilement ? Quand je pense qu'ils sont en train de faire des courbettes à l'un des types les plus recherchés du continent !

Un des flics à la stature imposante se dirige vers ma cellule avec un air abattu. À côté de lui, l'Ombre se tient beaucoup plus droit et même s'il n'a pas la même carrure, il n'en demeure pas moins beaucoup plus charismatique.

Nos regards se croisent. À l'instant où je repère cette lueur victorieuse dans ses yeux, je comprends qu'il va me faire libérer.

D'ailleurs, le flic s'empresse de trouver la clé sur son trousseau pour ouvrir la porte. Un profond sentiment de soulagement m'envahit quand je franchis le pas de ma cellule. L'Ombre m'adresse un sourire, comme s'il me disait de ne pas le remercier pour ce geste chevaleresque… Il s'emballe ! Certes, je lui suis reconnaissante pour son aide, mais c'est bien sortir de ce trou qui me met en joie, certainement pas de voir sa tête ! Pourtant, une fois dehors, je me sens ingrate. En dépit de sa trahison, je ne peux nier que c'est grâce à lui que je m'en sors. Je dois donc m'efforcer de le remercier, même si le mot a du mal à sortir.

– Tu ne peux pas savoir dans quel pétrin je suis ! Vraiment, pourrir dans une cellule était le pire qui pouvait m'arriver en ce moment précis. Je ne sais pas comment tu as su que j'étais là, mais… merci.

À peine dissimulés par quelques ondulations brunes qui tombent sur son front, ses sourcils légèrement froncés encadrent son regard noir qui me fixe avec intensité.

– Qu'est-ce qui se passe ?

J'hésite à me confier à lui – je n'ai aucune raison de lui faire confiance –, mais je sais qu'il n'est pas venu me chercher pour mes beaux yeux. Il espère toujours que je vais m'associer avec lui. Et maintenant que je dois trouver un million d'euros, son plan est peut-être la seule chose qui pourra me permettre de sauver mon père. Il y a intérêt à ce que le gain soit à la hauteur !

– C'est mon père, avoué-je méfiante.

– Ça, je l'avais deviné. Tu as crié son nom dans la rue.

Et il n'a pas cherché à m'aider pour autant, trop obnubilé par sa précieuse toile…

Je l'étudie attentivement, prends le temps de peser chaque mot qui sort de ma bouche pour ne lui dévoiler que le nécessaire.

– Les hommes à ses trousses, ils l'ont retrouvé alors qu'il dormait dans ma voiture.

Ma main se met à trembler. J'ai été tellement inconsciente, tellement focalisée sur ma petite vengeance puérile contre l'Ombre, que… Ma voix grimpe dans les aigus :

– Mon Dieu, je n'aurais jamais dû le laisser tout seul !

L'Ombre semble vouloir me consoler car il passe une main hésitante derrière mon dos. Je sens qu'il n'est pas sûr de lui, comme s'il avait peur que je le repousse. Mais je le laisse faire.

– Tu ne pouvais pas savoir. Ces types auraient trouvé un autre moment, de toute façon.

Son aplomb et l'intonation descendante à la fin de sa phrase me laissent à penser qu'il n'essaie pas de me rassurer mais qu'il énonce un fait, une certitude. Il a peut-être raison, après tout. Ces types auraient sûrement trouvé le moyen de parvenir à leurs fins de toute manière. Et comment aurais-je pu les arrêter ? Je hoche la tête, inspire et reprends mes réflexions :

– Pourquoi ils ont décidé de le kidnapper ? Je veux dire, ils venaient de le tabasser pour lui mettre la pression, le message était déjà très clair ! Il fallait juste nous laisser deux minutes pour réunir l'argent, mais on allait rembourser ! Ça n'a pas de sens. C'est comme si quelque chose leur avait soudain fait revoir leurs plans…

– C'est sûrement ce qui s'est passé, confirme l'Ombre. Un événement extérieur a dû les inciter à précipiter les choses. Même si je ne vois pas bien quoi.

Bon, ce n'est peut-être pas le moment de dire à l'Ombre qu'il fait un piètre allié, mais vraiment, là, il ne m'aide pas !

– J'ai reçu une demande de rançon, ils me réclament un million d'euros d'ici dix jours.

L'Ombre se perd dans ses pensées, pas plus impressionné que ça par le montant exorbitant. Calme. Presque confiant. Après tout, ma situation arrange bien ses plans, non ? Peut-être même trop bien. Aurait-il pu orchestrer l'enlèvement de mon père pour me faire céder ?

Je laisse échapper mes doutes dans un filet de voix :

– Tout ça, c'est bien pratique pour toi, finalement…

Sans que je m'y attende, il fait un pas en avant, pose ses deux mains sur mes épaules et colle presque son front au mien. La colère est évidente dans ses yeux. Ils sont encore plus sombres que d'habitude. Heureusement qu'on n'est encore qu'à quelques mètres du commissariat…

– Je n'ai rien à voir avec ça ! Bon Dieu, Keyah, tu crois vraiment que je serais capable de te faire un truc pareil ?!

Il semble tellement offensé par cette idée qu'un doute traverse mon esprit, mais je me défends :

– Après tous les coups tordus que tu m'as faits avec la toile et ta manie de me suivre partout : à la galerie, en boîte, au musée et même en prison, j'ai de quoi me poser des questions ! Tu as dit toi-même que tu faisais tout ce qu'il fallait pour obtenir ce que tu veux.

Ses mains remontent de mes épaules pour encadrer mes joues. Son nez frôle le mien.

– Je ne veux aucun cas te voir souffrir, Keyah.

Je déglutis. Dans un autre contexte, une déclaration si spontanée et sincère m'aurait bouleversée. D'ailleurs, c'est le cas. Je l'admets, ça me bouleverse, mais pas plus d'une seconde. Après tout, l'Ombre est un manipulateur hors pair.

Délicatement, je pose mes mains sur les siennes et les retire de mes joues réchauffées par son contact. Il poursuit avec plus de douceur dans la voix :

– Je n'ai pas touché à ton père et je n'ai demandé à personne de le faire. Je travaille seul. Réfléchis, si j'avais une équipe, je n'aurais pas besoin de te recruter. Je suis un solitaire. Et tu devrais l'avoir compris.

Ses arguments font mouche. Je me méfie de ses talents d'acteur et de mon discernement quand il est dans les parages. En revanche, je me fie à la logique et à mon raisonnement. Cependant, même si sa version semble crédible, mon avis ne change rien à mes options. Si je veux aider mon père, peu importe que ça me coûte physiquement ou émotionnellement, je dois prendre part à son plan. Et je n'ai que dix petits jours de sursis !

Je prends une grande inspiration pour retrouver les idées claires.

– Très bien, peu importe. En revanche, si on doit collaborer, tu dois tout me dire concernant ton plan. Je veux tout savoir : la cible, combien ça va rapporter, chaque étape du casse. Tu ne peux pas me laisser dans l'ignorance, sur aucun point de ta stratégie. Plus de mensonges. Plus de secrets. Pour que ça réussisse, il va falloir qu'on soit entièrement honnêtes l'un envers l'autre. On est bien d'accord ?

Le sourire irrésistible est de retour.

– Crois-moi, tu ne vas pas être déçue. Tu risques même d'avoir un choc. Je préfère que tu sois assise quand je te le dirai.

Il ajoute avant que je n'aie le temps de répondre :

– De préférence en amazone sur mes cuisses.

Je souris malgré moi. Fier de l'effet de sa repartie, il me tourne le dos et commence à marcher en direction de ma voiture m'invitant implicitement à le suivre.

Je le laisse s'éloigner seul. Il doit croire que je lui ai emboîté le pas, mais je réfléchis. Comment a-t-il fait pour me sortir d'ici ? A-t-il donné sa véritable identité ? Et si c'est le cas, que dois-je en déduire ?

Quand j'estime qu'il est suffisamment loin, je l'interpelle depuis le trottoir d'en face :

– Martial ?

Il se retourne intuitivement, comme s'il avait répondu à ce prénom toute sa vie.

Martial Beaume. Je te tiens. À partir de maintenant, tu ne pourras plus rien me cacher.

## CHAPITRE 17

## MANOLO BLAHNIK

Ayant pris le volant, Martial nous emmène vers un manoir majestueux, niché loin des regards indiscrets. Il a garé ma voiture à quelques rues par mesure de précaution. Une Mercedes à la vitre brisée juste devant une luxueuse demeure pourrait faire tache et attirer l'attention. Il ne faudrait pas que quelqu'un appelle les flics. Nous nous approchons avec discrétion, évitant la grande allée gravillonnée éclairée par des lampadaires. Martial a refusé que j'utilise mon téléphone comme lampe torche. Je suis obligée de lui tenir la main pour être certaine de ne pas trébucher. Lui se déplace avec aisance comme s'il connaissait les lieux par cœur. Après nous être faufilés à travers des buissons qui, j'en suis sûre, ont griffé ma robe Gucci, nous atteignons l'arrière de la bâtisse. Martial me lâche la main et, avec une agilité déconcertante, utilise son outil spécial pour ouvrir une porte-fenêtre.

Je chuchote, avec une pointe de sarcasme mêlée d'angoisse :

– C’est comme ça que tu entres chez toi ? Chez qui on est, exactement ?

Il me répond d’une voix claire et intelligible, faisant passer mes messes basses pour ridicules :

– Les propriétaires sont des vieux amis de mon père. C’est une résidence secondaire. Ils ne viennent que l’hiver.

Il n’ajoute rien comme si cette réponse suffisait à expliquer qu’il soit en train d’entrer par effraction chez eux.

Une fois à l’intérieur, Martial cherche à tâtons un interrupteur. Quand il l’actionne, une lueur douce, qui émane d’un lustre imposant, éclaire la pièce. Ici, l’opulence se marie à l’art. Les murs sont ornés de tableaux et des tapis persans somptueux recouvrent le sol en bois poli. Au centre de la pièce se trouve une sculpture en marbre, représentant une danse gracieuse entre deux amants. Captivé par la pièce d’art, Martial en fait le tour, l’effleure et la salue comme s’il retrouvait une ancienne connaissance.

– Bonjour, toi. Tu m’avais manqué.

J’avise la grande ouverture en alcôve vitrée avec vue sur la piscine privée.

– C’est un vrai coin de paradis m’émerveillé-je. J’imagine que tu viens souvent ici.

Martial arbore un sourire en coin.

– De temps en temps. Les propriétaires ont des goûts exquis en matière d’art.

Il m’ordonne d’un geste de la main :

– Attends-moi ici, je reviens tout de suite.

Il est de retour à peine deux minutes plus tard, avec de la Biseptine et des pansements, ce qui me confirme qu'il connaît ce manoir comme sa poche. Mes jambes sont couvertes de petites coupures superficielles depuis que je me suis installée sur le siège passager de la voiture. Voilà ce que j'ai récolté en acceptant qu'il prenne le volant ! En kidnappant mon père et en vandalisant ma Mercedes, les ravisseurs ont laissé des bris de verre qui se sont incrustés dans ma peau. J'imagine donc que ce nécessaire est pour moi et j'esquisse un geste pour m'emparer du flacon et de la boîte. Seulement, Martial refuse avec fermeté et s'accroupit devant moi

– Laisse-toi faire, m'ordonne-t-il en retroussant les manches de sa chemise blanche.

J'hésite, je n'ai besoin de personne pour prendre soin de moi et je ne voudrais pas avoir l'air de baisser ma garde face à lui. Pourtant, lorsque ses doigts remontent le long de l'arrière de mon mollet, un agréable frisson me parcourt et je m'adosse au canapé pour lui présenter mon genou écorché.

De son autre main, Martial applique de l'antiseptique sur la plaie. Je grimace un peu quand il retire un minuscule morceau de verre resté coincé dans la chair.

Martial relève les yeux vers mon visage.

– Ça va ? Je ne te fais pas mal ?

En manque de salive, je me contente de secouer la tête. Il se concentre alors sur ma blessure, son visage presque collé à mon genou. Je sens son souffle sur ma peau à vif et quelques mèches rebelles de ses cheveux viennent chatouiller le bas de ma cuisse. Je suis à fleur de peau alors qu'il termine ses soins par la pose d'un pansement. Pressée de retrouver le contrôle de mes réactions, je m'écarte dès qu'il a fini. Mon geste semble le blesser, car son regard se fait plus sombre, mais ses traits se recomposent très vite.

– Viens, m'incite-t-il en me tendant la main.

Je le suis dans la maison, silencieusement. Martial évite les pièces où les caméras de sécurité pourraient nous repérer et je cale mes pas dans les siens. Chaque coin regorge de trésors, comme une série de photographies contemporaines qui orne un couloir.

Martial commente :

– Tu as vu avec quelle maîtrise l'artiste joue avec la lumière et l'ombre pour créer une atmosphère mystérieuse ? Et tous ces détails subtils, tu les vois ?

J'acquiesce mais mes yeux sont attirés par la paire d'escarpins fuchsia Manolo Blahnik, oubliée devant la porte d'une chambre. La marque était déjà célèbre mais la série *Sex and the City* et les références de Carrie Bradshaw à Manolo Blahnik l'ont carrément élevée au rang d'icône de la mode. Je m'accroupis auprès d'elles. Et dire que je porte, en ce moment même, ces affreuses chaussures de la fille du parking de L'Obsédant…

Dans mon dos, Martial se penche pour murmurer dans mon oreille :

– N'y pense même pas.

Je me redresse et reprends mes esprits.

– Bon, tu ne m'as pas amenée ici pour une visite privée, non ? m'impatienté-je. C'est quoi, ton projet ?

Martial ajuste le col de sa chemise avec un sourire énigmatique.

– Je ne sais pas si tu es au courant, mais les œuvres d'art volées et interceptées par Interpol sont stockées dans un entrepôt le temps que l'on vérifie leur authenticité, qu'on retrouve leurs vrais propriétaires ou que l'on décide dans quel musée on va les exposer.

Je le dévisage, incrédule.

– Attends ! Tu veux cambrioler Interpol ?

Son expression extatique me le confirme. Il est dingue !

J'ai toujours été une experte dans l'art de piquer des petits trucs, des babioles certes très chères, mais qui ne manqueraient pas tant que ça à leurs riches propriétaires. Là, on parle d'un tout autre niveau. De quelque chose qui me dépasse totalement.

Martial m'entraîne très loin de ma zone de confort, mais c'est pour sauver mon père, alors ai-je vraiment le choix ? Je vais devoir faire confiance à l'un des plus grands voleurs du continent. Désormais, il est le chef d'orchestre, le maestro, le gourou des cambrioleurs. Pour une fois, je ne pourrai pas tout contrôler toute seule.

– Bon, explique-moi ton plan. J'espère que t'as pensé à tout, parce que finir mes jours en prison, c'est pas vraiment le plan de carrière que j'avais prévu !

Il m'adresse un sourire confiant, limite trop sûr de lui.

– Relax, j'ai tout sous contrôle. Ça fait des années que je prépare ce coup. Il ne peut que fonctionner.

Devant mon air sceptique, il me prend la main et m'entraîne vers un sous-sol.

– On va où là ?

– Surprise ! Tu vas voir…

## CHAPITRE 18

## CARTIER

Ça sent le renfermé et la vieille poussière, ici ! Tout en déplaçant un vieux buffet couvert de toiles d'araignée, Martial déclare :

– Les proprios ne mettent jamais les pieds à la cave.

C'est ce que je constate. Il appuie sur un mécanisme presque invisible dans le mur, et là, miracle, la porte se met à pivoter et révèle une pièce secrète. Je dois probablement ressembler à une môme devant un paquet-cadeau car les yeux de Martial pétillent d'excitation. Il est clairement ravi par mon enthousiasme.

À l'intérieur, je découvre des photos d'œuvres d'art et de caméras de surveillance épinglées aux murs, des ordinateurs partout sur des tables tréteaux, des plans de différentes villes, de différents quartiers, des cartes et même des passeports éparpillés.

– Alors, c'est là que tu as installé ton QG de super-voleur ?

Malgré ma curiosité évidente, Martial reste énigmatique et évasif :

– Un de mes repaires, oui. J'en ai quelques-uns dans la ville et ailleurs.

– Et si quelqu'un tombait dessus ? On pourrait remonter jusqu'à toi, non ?

– Aucun risque. Rien ici ne peut me relier à ma véritable identité. Et puis, personne ne sait que cet endroit existe. Même pas les propriétaires.

Je fais un tour sur moi-même en balayant la pièce du regard, carrément impressionnée.

– C'est incroyable. Comment tu as trouvé cette porte secrète ?

– Ce manoir date du XVIII<sup>e</sup> siècle et il n'est pas rare que des bâtisses de cette période abritent des passages secrets, tu sais ? Le propriétaire est un très bon ami et collègue de mon père. J'ai passé un paquet de temps, ici, quand j'étais gamin, mais je n'avais pas le droit de rester dans la même pièce qu'eux. Je ne devais pas écouter leurs conversations professionnelles et ultra-confidentielles. Du coup, je m'ennuyais, je me baladais et je fouillais… C'est comme ça que j'ai découvert cette pièce. À l'époque, elle était vide et comme je n'avais que huit ans, je l'utilisais juste comme cachette pour ne pas rentrer à la maison.

Il a un sourire teinté de nostalgie et de tendresse pour l'enfant qu'il était.

– Au fil des mois, je me suis mis à chaparder quelques trucs à l'étage pour les ramener ici.

Puis, une fois qu'ils se rendaient compte de leur disparition, je les remettais discrètement en place. Les proprios s'arrachaient les cheveux, ça les rendait fous. Je m'amusais comme je pouvais.

Je bois ses paroles, avide d'en connaître le plus possible sur ce qui a façonné sa personnalité. Je sais aussi, sans qu'il ait besoin de le dire, qu'il n'a pas l'habitude de partager son histoire avec n'importe qui. Le temps de cette conversation dans cette pièce secrète, je me sens privilégiée.

Il se tait, puis m'observe intensément. Je m'installe sur un coin de table en prenant soin de ne pas faire tomber les paperasses qui y sont éparpillées.

– Et ce travail hyper important et secret de ton père ? demandé-je, faussement désintéressée. C'est quoi, exactement ?

Martial hésite. A-t-il peur que j'utilise ses informations contre lui ? Je ressens immédiatement une pointe d'agacement. Si on veut réussir ce coup, il faut qu'on arrive à se faire confiance et je ne vois pas comment je pourrais y parvenir personnellement s'il tente de faire de la rétention d'informations.

– Martial, si on doit bosser ensemble, il faut qu'on joue cartes sur table. Allez, il fait quoi, ton père ?

Qu'est-ce qu'il ne faut pas faire pour l'inciter à parler ! Au bout de quelques nouvelles secondes de silence pesantes, il cède, mais l'hésitation dans ses yeux témoigne de son tiraillement intérieur.

– Mon père est le directeur général d'Interpol.

Il scrute ma réaction, visiblement inquiet. Pour moi, les pièces du puzzle s'emboîtent, mais plutôt que de me rassurer, cette révélation vient compliquer encore les choses. Je tente de reprendre une apparence sereine après avoir écarquillé les yeux et me relève lentement :

– Donc, si je comprends bien, depuis des années, tu planifies un cambriolage dans l'entrepôt d'une organisation dirigée par ton père ? J'espère que tu vas m'annoncer que c'est ton complice, parce que sinon je ne vois pas pour quelle raison valable on irait s'attaquer à l'un des sites les plus surveillés et sécurisés du pays ! Ce serait plus simple de cambrioler la villa d'Elon Musk !

Je le dévisage intensément, tentant de me connecter à ses intentions profondes. Le tic de rage qui l'a animé quand j'ai mentionné la possibilité que son père puisse nous aider m'oblige à supposer le pire.

– Martial, j'espère que tu ne m'entraînes pas dans une vendetta personnelle.

Son air coupable le trahit, mais il essaie de me rassurer :

– Keyah, promis, ça ne sera pas un problème. Je sais ce que je fais et je suis prêt.

Mes doutes se creusent. Pourquoi est-ce qu'à chaque fois que j'ai le sentiment de pouvoir lui faire confiance, de l'avoir enfin cerné, j'apprends des révélations qui viennent tout remettre en question ?

Ses mains chaudes sur mes épaules me surprennent. Je relève mon visage inquiet vers le sien. Son expression se veut réconfortante alors qu'il se penche au-dessus de moi.

– Je te promets que tu peux me faire confiance, Keyah. Tu le sais, n'est-ce pas ?

La réponse reste coincée dans ma gorge. Je ne sais plus ce que je peux croire ou non. J'ai envie de lui faire confiance mais cela ne suffit pas.

Sa mâchoire se crispe. Son regard déçu cherche une confirmation que je ne peux pas lui donner. Il s'attendait à ce que je lui réponde positivement, que je lui affirme que je lui fais confiance, que je le rassure en quelque sorte. Mais c'est moi qui ai le plus besoin d'être rassurée en ce moment.

Martial recule d'un pas, soudain fuyant, mais après avoir dégluti difficilement, il reprend :

– À partir de mes dix ans, j'ai passé des heures dans le bureau de mon père. Je n'avais pas le droit d'y aller, mais j'avais récupéré un double des clés et dès qu'il s'absentait, je m'y réfugiais. En lisant ses dossiers, je me suis passionné pour ces voleurs qui réussissaient à lui échapper. Pour tout le monde, Interpol, c'est-à-dire mon père, représentait le gentil et les voleurs jouaient le rôle des méchants. Mais pour moi, tout était différent. Mon père traitait les gens comme de la merde : les domestiques, moi et surtout, ma mère. Mais les voleurs étaient à part. Ils étaient les seuls à lui filer entre les doigts. Il n'avait aucun contrôle sur eux, et c'est ce que j'ai idéalisé.

L'envie subite me prend de le rassurer, de lui dire que je comprends, parce que cette vulnérabilité apparente fait mouche. Mais elle le fait tellement bien qu'une petite voix me dit qu'il me raconte peut-être tout ça seulement pour me manipuler. Je ne vais pas lui dire qu'il n'est pas comme son père, parce que l'inquiétude que j'éprouve pour le mien doit me faire garder les idées claires. Il faut que je me montre forte, que je reste lucide et non que je le laisse m'attendrir.

Je me contente donc d'une simple touche d'humour :

– Quand on était gamins, toi, tu rêvais de devenir un célèbre voleur, moi, je voulais être Beyoncé. On peut dire que tu as mieux réussi que moi.

Il esquisse un léger sourire qui ne contamine pas ses yeux.

– Tu sais quoi ? La journée a été chargée en émotions. Tu es crevée. On devrait se revoir demain.

J'avoue que la succession des événements et des révélations m'a exténuée. Mais je ne pourrais jamais me reposer en sachant mon père en danger et sans avoir une idée plus précise de ce que je vais pouvoir faire pour l'aider ! J'ouvre la bouche pour m'opposer mais il ne m'en laisse pas le temps. Avec une autorité calme et sereine, il anticipe :

– Tu ne partiras pas sans avoir entendu tous les détails du casse, n'est-ce pas ?

Il me regarde intensément. La tension entre nous atteint son paroxysme, comme si ce moment était le point de bascule que nous redoutions tous les deux. J'acquiesce, sur le qui-vive, et avec un soupir résigné, il hoche la tête.

– Très bien. L'existence de cet entrepôt est hautement confidentielle, au point que seule une poignée d'hommes ont eu connaissance de sa construction et qu'encore moins de gens savent où il se trouve exactement. Leur principale mesure de sécurité, c'est le secret. Et c'est là, notre chance.

Une petite voix intérieure me souffle que ça ne peut pas être aussi simple.

– À t'entendre, on dirait que l'existence de ce bâtiment est plus confidentielle que la recette du Coca-Cola !

Les sourcils de Martial se froncent légèrement, son ton de conférencier change et devient autoritaire :

– Keyah, ça fait un paquet d'années que je travaille là-dessus. Je sais ce que je fais !

Je ravale une pique bien sentie, il est suffisamment tendu. Il croise les bras sur son torse, puis enchaîne :

– Bon. J'en étais où ?

Martial se lance alors dans une explication digne d'un blockbuster hollywoodien. Chaque détail de son plan est décortiqué avec une minutie presque obsessionnelle, du matériau du toit au système de verrouillage des portes en passant par les habitudes des agents de sécurité. Ses explications révèlent une connaissance approfondie, acquise au fil de plusieurs années d'observation.

– Il y a deux ans, j'ai créé une entreprise pour installer son siège social juste à côté de l'entrepôt. J'ai utilisé l'argent de mes précédents coups pour obtenir un permis de construire puis, une fois que le chantier a commencé, j'ai rapidement orchestré la faillite de ces nouveaux bureaux. La fausse entreprise n'était qu'un prétexte pour avoir des engins de construction sur place et justifier leur présence.

Bordel ! Combien de temps a été nécessaire pour monter cette opération ?!

– Attends, un truc pareil aurait forcément alerté Interpol, non ? Ils ont probablement mené leur petite enquête sans que tu le saches ! Pendant tout ce temps, ils ont pu réunir un paquet d'informations sur cette société bidon et sur toi, tu crois pas ?

– Si c'était le cas, ça fait longtemps qu'ils auraient viré la grue que j'ai délibérément laissée là-bas.

Je m'étonne :

– La grue ? Qu'est-ce que tu comptes faire avec une grue ?

– Si tu me laissais terminer, tu pourrais peut-être le savoir.

Son assurance flirte avec la nonchalance et l'arrogance. Est-ce qu'il comprend que je ne peux pas me permettre le moindre faux pas ? Je risque bien plus que lui. Si on devait se faire prendre, je ne saurais pas comment m'en sortir. Je n'ai pas son expérience. Son péché d'orgueil nous mène à la catastrophe, là, et je n'ai pas de temps à perdre !

Il faut vite que je me trouve un plan B, parce que ce cambriolage n'a presque aucune chance de réussite. L'Ombre est définitivement la plus grande arnaque de ma vie !

– Quoi ? Qu'est-ce qui ne va pas ?

Martial voit bien que je doute, mais il me parle et me regarde avec cette désinvolture agaçante, comme si j'étais une petite fille capricieuse, incapable de comprendre les enjeux et les risques auxquels nous faisons face, comme si on me servait tout sur un plateau et que je n'étais pas capable de simplement m'en satisfaire et de dire merci.

– Qu'est-ce qui ne va pas ?! Mais rien ne va, Martial ! Ton plan n'est rien d'autre qu'une revanche personnelle contre ton père quand le mien joue sa vie ! Tu m'exposes le coup comme s'il s'agissait d'une simple formalité, alors que les enjeux sont réels derrière, mais tu es bien trop imbu de toi-même pour t'en rendre compte !

Il se glace. Son regard devient dur, intransigeant et sa voix résonne entre nous, tranchante :

– La seule chose qui pourrait tout faire foirer, Keyah, c'est toi. Je me prépare à ça depuis des années. Toi, tu n'as jamais fait un coup de ce genre. Et tu es beaucoup trop impliquée émotionnellement !

Je vois bien que nous sommes dans une impasse. Chacun de nous a besoin d'avoir confiance en son partenaire pour la réussite du plan, et nous ne pourrions pas en être plus loin. Je ne cherche même pas à répondre, parce que je comprends qu'il a des œillères. Pour lui, je suis le maillon faible.

Martial se gratte le front et semble faire le même cheminement de pensée que moi puisqu'il ajoute :

– Peut-être qu'on devrait juste prendre un peu de recul, réfléchir, et…

– … et se parler demain, à tête reposée.

La tension s'atténue légèrement. Un soupir s'échappe de ses lèvres.

– On a tous les deux beaucoup en jeu, Keyah. Ne gâchons pas tout par des mots lancés à chaud.

J'acquiesce silencieusement.

– Où est-ce que tu veux qu'on se retrouve et à quelle heure, demain ?

– T'inquiète pas. C'est moi qui te trouverai.

Je ne peux m'empêcher de lever les yeux au ciel. Il tempère :

– Je préfère que tu ne sois pas au courant. Simple précaution. Au cas où on viendrait t'interroger.

Je crois plutôt qu'il me pense capable de lui tendre un piège avec la complicité de la police, mais qu'importe.

– Très bien. J'attendrai que tu me trouves, alors.

Nous remontons à l'étage, mutiques. Je suis frustrée que la conversation se termine de cette manière, mais je crains qu'un seul mot prononcé n'envenime encore la situation. Or, la dernière chose dont j'ai besoin, c'est de me disputer avec lui. Je ne crois pas qu'il le veuille non plus. Aussi nous nous réfugions dans un silence loin d'être confortable mais, au moins, prudent.

Quelques minutes plus tard, je prends place derrière mon volant et il s'appuie sur la portière encore ouverte. Il cherche quelque chose dans sa poche quelques secondes, puis sort un médaillon dans sa main et me le tend. Il est en argent, finement ciselé, avec des motifs délicats qui rappellent une époque révolue. Au centre, une petite pierre précieuse d'un bleu profond captive le regard. Je lis le poinçon « Cartier Paris » gravé sur un des bords. Je n'ai pas le temps de l'étudier plus en détail, Martial attrape ma paume, le pose dedans et referme mes doigts délicatement dessus.

– C'était à ma mère, explique-t-il simplement.

Je déglutis. Je ne sais pas ce que signifie exactement ce geste mais je sais qu'il est loin d'être anodin. Même s'il ne parle que très peu d'elle, le profond respect et l'amour de Martial pour sa mère transpirent par tous les pores de sa peau. J'ignore combien vaut un tel bijou, mais pour une fois, je me fiche de son prix. Sa valeur va bien au-delà.

– Non, Martial. Je ne peux pas…

Il me coupe la parole en posant doucement son index sur mes lèvres.

– Tu me le rendras après. Quand le cambriolage sera fait et que ton père sera libre. Prends-le comme un gage que tout se passera bien.

Nous nous dévisageons. Son regard se pose sur mes lèvres un instant mais il ressent ma réticence et dépose un baiser chaste sur mon front.

Un sourire fugace se dessine sur mes lèvres.

– Merci, Martial. À demain, alors.

Il hoche la tête, laissant l'instant s'étirer avant de me tourner le dos et de s'éloigner de la voiture dans l'obscurité.

## CHAPITRE 19
## VERSACE

En attendant que Martial daigne me « trouver », ce qu'il n'a pas réussi à faire depuis ce matin, je suis bien obligée de prendre mon mal en patience.

Ce soir, je dois accueillir les invités du Diamant noir : le casino fête son vingtième anniversaire en grande pompe. Rafael m'a d'ailleurs envoyé ses plus riches clients, car plus qu'une hôtesse, je suis surtout une pickpocket avide de se faire un maximum d'argent. Oui, l'Ombre m'a fait miroiter une somme colossale, mais je préfère avoir un plan B.

Et s'il ne venait pas me trouver comme il l'a promis ? Comment saurais-je où le retrouver ? Et si un événement l'empêchait de me contacter ? Qui sait, il peut être arrêté par la police… Ou bien il peut changer d'avis. M'a-t-il abandonnée ? Ai-je été encore une fois manipulée ou bien s'est-il rétracté de peur que mes émotions ne mettent en péril le plan de sa vie ?

Je triture le médaillon Cartier que j'ai pendu à mon cou avec une chaîne en argent pour me rassurer.

S'il a vraiment une valeur sentimentale pour lui, il viendra le récupérer. Pour mettre en valeur ce collier, j'ai revêtu ma plus belle robe : une Versace écrue qui illumine ma peau mate avec des ornements en cristaux sur les fines bretelles.

Le casino ressemble à un grand palais orné d'une multitude de sculptures en pierre avec de hautes tourelles décorées de moulures. Pour y accéder, il faut contourner la grande fontaine circulaire d'où dansent des jets d'eau lumineux. Les marches sont bordées d'arbres verdoyants, rares et exotiques. Porsche, Lamborghini, Lotus, Ferrari, Rolls-Royce… Le service voiturier assiste à un défilé des plus belles voitures du monde.

Je jette un coup d'œil à Stella. Elle affiche un air ébahi et niais.

Je n'arrive pas à croire que l'agence me l'a encore collée dans les pattes ! L'angoisse pour mon père et mes doutes, de plus en plus intenses, quant aux intentions de Martial, à mesure que la journée avance, ne m'aident pas à être sympathique. J'aurais préféré travailler avec quelqu'un qui m'aurait ignorée toute la soirée. Mais Stella ne sait pas se comporter de cette manière. Elle veut toujours engager la conversation, se rapprocher de moi, s'intéresser à ma vie. Au fond, je dois avouer que c'est ce qui la rend attachante. C'est juste que je n'ai vraiment pas envie de discuter ce soir.

– Ferme la bouche, ordonné-je. Personne n'a besoin de voir que tu es impressionnée. La discrétion est une des qualités les plus importantes dans le métier. Tu ne dois pas montrer la moindre émotion. Ces gens se foutent pas mal de tes états d'âme !

Dire que je lui ai prêté ma deuxième robe préférée… Qu'est-ce qui fait de moi une si bonne samaritaine ? Enfin, j'ai quand même fait en sorte que Stella reste moins belle que moi.

– Mais je ne comprends pas, bégaie-t-elle, les yeux écarquillés.

Ça m'aurait étonnée…

– Pourquoi des gens comme eux viennent au casino ? Ils ont bien assez d'argent, non ?

– L'adrénaline. Quand tu as tout, rien n'est plus bandant que d'avoir l'illusion que, pour une fois, tu peux tout perdre.

Durant la soirée, je fais mon boulot du mieux que je peux. Tout en cachant mon anxiété grandissante, j'accueille les convives, les oriente, réponds au moindre de leurs caprices. Je souris, polie, respectueuse et révérencieuse, mais à l'intérieur, le doute et l'inquiétude tourbillonnent. Je n'arrive pas à m'ôter de la tête que mon père est entré dans ce même hall, qu'il a foulé cette même moquette, qu'il a posé ses yeux sur ce décor majestueux et scintillant du sol au plafond quelques jours avant d'être kidnappé. C'est ici que son destin s'est joué.

La tension monte, je scrute chaque visage avec une intensité croissante. L'un de ces invités est-il lié à la disparition de mon père ? Martial est-il parmi eux, attendant le bon moment pour surgir devant moi ? Et surtout, je vole. Cette fois, chaque larcin est chargé d'une urgence nouvelle, si bien que je les enchaîne frénétiquement.

Hop, voilà une bague et un bracelet en diamant, assez légers et relativement petits pour tenir discrètement dans ma pochette. Tiens, quelques billets… Si je prends les pourboires du personnel, le vol sera plus difficile à détecter parce qu'ils ne rentrent pas dans les caisses… Oh, et puis ces jetons aussi !

Cette fois, je ne serai pas fouillée à la sortie. Le casino a préféré investir dans des caméras de surveillance et un système électronique de repérage des fraudes sophistiqué. Heureusement pour moi, la sécurité se concentre sur les tables de jeu.

Les joueurs se défient du regard, se jaugent, essaient de se démasquer. Les hôtesses et le personnel du casino parlent de « gros poissons ». Personne ne sait que s'ils sont des gros poissons, ce soir, moi, je suis le requin. Un requin sous pression et particulièrement agressif, aujourd'hui.

Habituellement, je savoure la satisfaction que je ressens quand je parviens à glisser une montre Tudor à mon poignet. Je me prouve à moi-même que j'en suis capable, que rien ne peut m'arrêter, ni un vigile, ni un portique, ni une caméra… Contrairement à l'Ombre qui laisse sa signature derrière lui après chacun de ses vols, je n'ai pas besoin d'exposer au monde l'étendue de mon talent. Être la seule à savoir qui je suis réellement suffit à me satisfaire. Je me contente de me dire que tout là-haut, quelqu'un me voit.

Ma mère.

Je l'imagine qui observe mes larcins en secouant la tête pour la forme, mais affichant un petit sourire en coin. Je me demande ce qu'elle peut bien penser de moi… Avant de mourir de son cancer, elle avait dit que je devais être une battante. Alors, si elle a perdu contre la maladie, moi, je vais gagner. Contre ces hommes puissants. Contre le système. Contre le destin que m'a réservé la vie. Contre les ravisseurs de mon père. Et même contre Martial, s'il le faut.

J'ai amassé un assez gros butin, ma pochette ne pourra pas contenir plus sauf à attirer l'attention sur moi. De plus, je ne tiens pas à être encore présente quand la rumeur de vols de bijoux se propagera.

Avant de partir, je dois échanger les jetons contre du cash. Je m'arrange pour qu'un homme le fasse à ma place. Trop risqué de le faire en tant qu'employée et je ne tiens pas à fournir une pièce d'identité. Je n'ai ni le temps, ni l'énergie, ni la concentration pour élaborer un plan construit et réfléchi. Je me contente d'une manœuvre simpliste et vulgaire qui ne me ressemble pas.

Je m'approche de la première victime à ma portée.

– Oh là là, mes talons qui me font horriblement souffrir et cette file d'attente interminable devant le guichet…

Quelques battements de cils plus tard, le pigeon qui se croyait être un gros poisson récupère l'argent du requin aux faux airs de biche que je suis. On se croirait dans une fable de La Fontaine, le sens moral en moins.

J'empoche l'argent et promets que je vais revenir juste après mon coup de fil important et qu'il pourra m'offrir un verre et peut-être même m'inviter à danser, puis me dirige vers la sortie. Mon plan est bancal et je sens que le pigeon ou une autre de mes victimes pourrait faire basculer mon sort en un claquement de doigts.

Surtout si, en fuyant par la salle de jeux, je suis alpaguée par Stella !

– Oh, il y a un homme qui te cherche. Il disait te connaître.

Je sourcille. Ça pourrait être n'importe qui : une victime qui veut régler ses comptes ou… Ou bien Martial qui m'a enfin retrouvée ?!

– Qui ? Il t'a dit son nom ? Qu'est-ce qu'il voulait ? À quoi il ressemblait ?

Stella cligne des yeux comme une guirlande sur un sapin de Noël.

– Je ne sais pas. Je ne lui ai pas demandé son nom et je n'ai pas vraiment fait attention à son apparence.

Même dans une robe Valentino, une gourde reste une gourde.

– Tant pis. Laisse tomber. Il faut que j'y aille, je ne me sens pas très bien.

Je me presse vers la sortie. J'ai presque atteint la porte lorsque je suis interceptée par Fabrice et son stagiaire. Le premier fait barrage avec un regard menaçant tandis que l'autre essaie de l'imiter, sans grand succès.

– Suis-nous.

Pas de politesse. Un regard de tueur. Et le bleu qui jubile. Aïe.

– Désolée, j'ai d'autres projets.

Je me décale sur le côté mais Fabrice anticipe ma fuite en suivant mon mouvement.

– Tu préfères que je te fasse ouvrir ton sac ?

Résignée, je suis docilement Fabrice jusqu'au voiturier.

Il me fait monter côté passager de sa Renault. Le stagiaire est relégué sur la banquette arrière. Il jubile moins, tout d'un coup !

La première fois que j'ai rencontré le brigadier-chef, il avait déjà cette voiture. Fabrice m'est tombé dessus pendant le Carnaval de Paris 2014. C'est fou ce que les gens sont insouciants quand ils s'amusent au milieu d'une foule ! C'est tellement facile de les dépouiller. Certes, les victimes sont moins riches que dans un casino mais, à l'époque, j'avais tout juste vingt ans et je faisais plus dans la quantité que dans la qualité. Bref, Fabrice m'a chopée et m'a traînée à l'écart de la foule. Il m'a fait la morale en m'appelant « gamine », m'a pris tout mon butin mais ne m'a pas emmenée au poste. Quelques minutes plus tard, je l'ai vu en train de remonter les bretelles d'un gros pervers qui m'avait malmenée un peu plus tôt. Alors, pendant la nuit, j'ai glissé les billets que je lui avais volés, accompagnés de sa carte de visite où figurait son adresse, dans la boîte aux lettres de sa baraque. Et ça a été le début d'une grande histoire d'amour ! Enfin, la plupart du temps. D'habitude, Fabrice ferme les yeux sur mes activités mais ce soir, il semble curieusement et subitement avoir recouvré sa conscience professionnelle.

– Bon, soupiré-je en me tournant vers lui. Qu'est-ce qui se passe ? Tu n'as pas pincé assez de voyous pour remplir tes quotas du mois, alors tu comptes sur moi ?

J'ironise mais au fond, je me sens fébrile. Est-ce qu'il a vu tout ce que j'ai amassé ce soir ? Est-ce que j'ai dépassé les bornes ?

Sa voix tonne dans l'habitacle :

– T'as une idée de ce pour quoi tu me fais passer, Keyah ? Tu voles la carte de police et le badge de mon collègue, tu t'introduis par effraction dans mon commissariat et, pour en rajouter une couche, tu appelles un fils à papa pour te faire sortir de là, l'air de rien !

De toute évidence, sa question était rhétorique.

– Un abruti ! Un gros con ! Un guignol ! Mes gars se marrent parce qu'ils pensent que je suis la marionnette de mon indic !

Je crois que Fabrice l'a vraiment mal pris. Et je pense aussi qu'il devrait prendre des vacances parce que tout ce stress n'est pas bon pour le cœur, surtout à son âge. J'aimerais corriger – je ne suis pas son indic –, mais j'encaisse sans broncher jusqu'à ce qu'il se calme. Eh oui, je sais d'avance que c'est ce qui va se passer. Fabrice, c'est l'archétype du duo gentil flic-méchant flic réuni dans une même personne.

– Tu mériterais que je t'emmène au poste et que je fouille ta pochette, tiens !

*Non, pas ça ! Surtout pas ce soir !*

Quand Fabrice me voit écarquiller les yeux, la tension retombe peu à peu, laissant place à un silence pesant. Il soupire, une expression bougonne toujours accrochée à son visage. Finalement, il rompt le silence avec un ton plus calme.

– Écoute, Keyah, même si j'aimerais continuer à te passer un savon pour les deux prochaines heures, je n'ai pas de temps à perdre. J'ai des infos sur ton père, parce que oui, malgré ton entêtement à te la jouer solo, si je peux t'aider, je le fais. Seulement, tu ne dois pas oublier que je suis flic, qu'il y a des procédures derrière mes activités, alors tu vas m'écouter jusqu'au bout cette fois. C'est compris ?

Je retiens mon souffle, mais j'acquiesce vivement.

– Le commanditaire du kidnapping, je pense que c'est Éric Mirot, un recouvreur de dettes bien connu de nos services. Je suis remonté jusqu'à lui grâce à la plaque d'immatriculation de la berline noire que tu m'as donnée.

La nouvelle me frappe comme un coup de poing. Éric Mirot… Ce nom résonne dans ma tête. Il n'est pas connu que chez les flics, sa réputation n'est plus à faire. Et ce criminel notoire détient mon père, aujourd'hui.

– Mais voilà, Keyah, il faut que tu me promettes que tu ne prendras aucune initiative.

– Fabrice, je…

– Tu ne peux pas rester sans rien faire ? Je sais. C'est pour ça que je t'offre un moyen de nous aider, mais on va le faire à ma manière. Autrement, tout ce que tu y gagneras, c'est te faire tuer.

Mon esprit tourbillonne entre la peur pour mon père et l'envie irrépressible de me jeter dans la gueule du loup.

– En ce moment même, on est sur le point de coincer Mirot et ses hommes pour d'autres crimes. Je ne peux pas me permettre que tu viennes tout faire capoter. Tu comprends ?

Fabrice hésite un instant, scrutant ma réaction. J'opine à contrecœur.

– J'essaie de localiser le lieu où ils retiennent ton père, mais je suis bloqué. Pour aller plus loin, j'ai besoin de quelque chose. Quelque chose que toi et ton ami, Rafael, pouvez récupérer. Il bosse toujours au Palais des songes ?

Je confirme d'un hochement de tête. Alors que Fabrice prend une pause, je réfléchis déjà aux enjeux de cette mission et au risque d'impliquer Rafael dans tout ça. Je pèse le pour et le contre dans ma tête avant de lui répondre. La balance est vite fait. Je ferais n'importe quoi pour me rapprocher de la libération de mon père.

– Il faut que tu récupères une clé USB cryptée, explique Fabrice. J'ai de bonnes raisons de penser que des informations sur la détention de ton père s'y trouvent. Seulement, j'ai aussi besoin de tous les documents de type reçus, relevés bancaires, bordereaux de chèques, autorisations de paiement… Tu devrais trouver tout ça dans le coffre de la chambre de Mirot à l'hôtel. Rafael, ton ami, peut t'aider pour l'accès à la suite. Je vais te prêter le matériel qui nous permet d'ouvrir les coffres à code.

Mon regard s'assombrit. Récupérer un tas de paperasse ? Quel rapport avec l'enlèvement de mon père ? Qu'est-ce qui est vraiment en jeu ici ?

– Et qu'est-ce que tu cherches exactement dans ces papiers ?

Fabrice soupire à nouveau, comme si la réponse l'embêtait.

– Je te l'ai dit, il y a plusieurs enquêtes derrière Mirot, pas seulement l'enlèvement de ton père. J'espère faire avancer d'autres dossiers simultanément et mettre derrière les barreaux des criminels qui échappent à la justice depuis un certain temps. Keyah ? Il nous faut ces documents, en plus de la clé USB, compris ?

Après tout, si le gars peut rester plus longtemps loin de ma famille, moi ça me convient !

– D'accord, Fabrice. On s'occupe de ces papiers.

Seulement le regard de connivence que Fabrice échange avec son stagiaire me fait douter.

– J'espère que cette clé USB va bien nous mener à mon père, Fabrice, et que ce n'est pas juste un moyen pour toi de récupérer des informations pour tes autres enquêtes.

Je scrute ses yeux à la recherche de signes de manipulation. Il n'a pas intérêt à me duper ! Fabrice soutient mon regard sans ciller, avec intensité, et je vois qu'il a compris le message avant même qu'il déclare :

– Promis.

Je respire un peu mieux. Je sais que Fabrice est un homme de parole.

Un peu plus tard, alors qu'il me ramène à ma voiture, il demande :

– Et tu comptais faire comment toute seule ? Voler des bijoux pour un million ?

Je ne réponds pas.

– Keyah, pas de conneries ! Je t'ai à l'œil !

C'est bien ce que je crains…

# CHAPITRE 20
# CHOPARD

Pendant que je grimpe l'escalier de mon immeuble haussmannien, j'ouvre ma pochette. Je vais enfin pouvoir inventorier ce que j'ai volé. Ça me démange depuis deux heures ! Sans me soucier d'être vue par mes vieux riches voisins couche-tôt, je scrute un collier Chopard en or blanc et les pierres précieuses emprisonnées dans un pendentif-cage transparent qui s'agitent au gré des mouvements, à la lumière peu flatteuse de la cage d'escalier. C'est du haut de gamme. Je pourrais en retirer 4 000 euros, facile. Peut-être même 5 000.

– Ah te voilà !

Je sursaute, puis je grimace alors que j'ai la désagréable surprise de trouver Stella assise sur le palier de mon appartement.

– Qu'est-ce que tu fais ici, toi ?

Le sourire qu'elle affiche en quasi-permanence s'évanouit quand elle rencontre mon regard mécontent.

– Je voulais voir si tu allais mieux et aussi te rendre ta robe Valentino. Mais tu n'étais pas là…

– Et donc, tu as décidé de dormir sur mon paillasson ! D'ailleurs, qui t'a donné mon adresse ?

– La directrice de l'agence. Au fait, c'est quoi ce que t'as dans la main ?

Je fourre le collier et le bracelet dans ma pochette. D'habitude, jamais je n'aurais sorti mon butin avant d'être enfermée à double tour. Je m'en veux de m'être montrée si négligente et j'en veux à Stella de m'avoir vue.

– C'est à moi. Comme cette robe que tu portes et que tu traînes sur mon paillasson comme une serpillière !

Elle se relève et époussette le tissu. Mais ne s'excuse pas pour autant.

– C'est marrant, après ton départ, plusieurs clients du casino se sont plaints d'avoir égaré des bijoux.

Génial. Manquait plus que cette gourde me grille pour bien finir la nuit !

Je vois mes fantasmes de bain moussant s'évaporer d'un coup. À moins que je noie Stella dedans… Je mettrai mes plus beaux sels de bain pour lui rendre un dernier hommage.

– Oui, c'est hilarant.

Elle croise les bras sur sa petite poitrine mise en valeur par ce décolleté plongeant.

– J'ai vraiment l'air si idiote que ça ?

Je la toise de haut en bas puis de bas en haut.

– Honnêtement ?

Le corps frêle et longiligne de Stella se relâche d'un coup alors qu'elle soupire, puis elle joint ses deux mains manucurées à hauteur de poitrine et m'implore de ses yeux noisette.

– Oh, allez, tu peux me faire confiance. Je te jure que je ne te trahirai pas.

– Je ne me fais pas de souci pour ça. Personne ne te croira. Je n'aurai aucun mal à tout te mettre sur le dos et à te faire virer.

Au lieu de s'offusquer, Stella me regarde avec des yeux pétillants d'admiration.

– J'aimerais tellement être comme toi !

– C'est-à-dire ? T'aimerais être élégante, maligne et sûre de toi ? Ou incapable de rentrer chez toi parce qu'une SDF en robe Valentino squatte le pas de ta porte ? Sois plus précise, s'il te plaît.

Elle glousse.

– Et en plus, t'es drôle !

Comme elle n'a pas l'air pressée de partir, qu'elle serait fichue d'ôter sa robe dans le couloir pour me la rendre et qu'elle n'a visiblement pas pensé à prendre une autre tenue, je me décide à la faire entrer.

Stella me rappelle un peu moi à une certaine époque. Je n'aimais pas cette « autre moi », pas assez sûre d'elle, vulnérable, prête à tout pour grappiller un peu d'attention de la part de personnes qu'elle considérait je ne sais pour quelles raisons comme « importantes ». C'est sans doute pour ça que j'ai du mal à trouver des qualités à Stella.

Mais la « nouvelle moi » ne l'avouera pour rien au monde.

Alors, quand elle me demande, avec la dignité d'une pauvre fille qui vient de se faire larguer par un raté et qui rampe à ses pieds :

– Mais pourquoi tu me détestes ? Qu'est-ce que je t'ai fait ?

Je réponds :

– Ça. C'est exactement ce que tu es en train de faire, le problème.

Elle rougit, baisse les yeux une seconde, puis laisse éclater sa frustration :

– Mais tu ne me connais même pas !

– Justement, Stella. Qu'est-ce que t'en as à faire que quelqu'un qui ne te connaît pas te déteste ? Et en quoi ce serait mieux si j'avais décrété que je t'adorais ? Si une personne ne te connaît pas, ce n'est pas toi qu'elle apprécie ou qu'elle hait, ce n'est que *l'image* qu'elle se fait de toi. Ça n'a rien à voir avec ta personne. Tu ne dois pas accorder de l'importance à ça. Quelqu'un qui ne sait rien de toi ne te déteste pas, pas plus qu'il ne t'adore. Son avis ne compte pas. Jamais ! Penser le contraire, c'est superficiel. La superficialité, ce n'est pas avoir du goût, aimer les belles choses et savoir se mettre en valeur. Non, être superficielle, c'est accorder plus d'importance à l'apparence et aux stéréotypes qu'ils n'en ont réellement.

Stella, qui m'a écoutée sagement depuis mon salon alors que je range mes chaussures, ma pochette et son contenu dans l'entrée, rétorque, les bras croisés :

– T'essaies de me dire que je suis plus superficielle que toi ?

Elle balaie d'un regard éloquent la décoration de mon appartement et ma robe du soir.

J'esquisse un sourire en coin. Stella a eu l'audace de s'exprimer sans se soucier de me froisser ou que je décide de ne plus lui adresser la parole. Finalement, il y a peut-être quelque chose à tirer d'elle.

– Je n'ai pas dit que l'apparence ne comptait pas. J'ai dit qu'il ne fallait pas lui donner plus de valeur qu'elle n'en a.

Je nous prépare des cafés pur arabica de Colombie et on s'installe sur mon canapé.

– On a plus de choses en commun que ce que tu penses, affirme alors Stella.

Malgré un lever de sourcil sceptique de ma part, elle ne se démonte pas et me raconte comment elle en est arrivée à jouer les hôtesses pour l'agence événementielle de luxe : l'attrait des paillettes, l'opportunité de côtoyer du « beau monde », de gagner de l'argent facilement, d'utiliser son physique avantageux de manière intelligente.

Je comprends ce qu'elle veut dire : elle ne voulait pas qu'on profite de son potentiel à ses dépens. Elle voulait avoir le contrôle. Toutes les études sur le sujet prouvent que dans le milieu du travail, la beauté compte. Qu'on le veuille ou non, qu'ils soient prêts à l'avouer ou non, les recruteurs imaginent les candidats beaux comme pourvus de toutes les qualités et les laids, de tous les défauts. C'est l'effet « halo ».

Au lieu de faire comme si on l'avait choisie pour ses compétences, Stella a fait comme moi, elle a assumé que son physique soit un atout et n'a pas joué les hypocrites. Cet état d'esprit me plaît.

Dans l'heure qui suit, j'apprends à Stella qu'il faut dormir sur un oreiller en satin pour se réveiller avec une chevelure digne de ce nom. Je lui montre comment boire sans laisser de trace de rouge à lèvres sur un verre. Et je lui dévoile un petit tour de pickpocket.

Je viens d'avoir un aperçu de ce que c'est que de bien éduquer un enfant et c'est éreintant !

– Bon, terminé-je, sachant que le sujet ne peut pas être évité plus longtemps, je sais que tu te poses des questions sur ces bijoux que tu as vus…

Stella repose sa tasse sur la table basse et se penche un peu plus vers moi.

– J'avoue que j'ai été surprise.

– Je ne vais pas le nier, Stella. Oui, j'ai volé ces bijoux.

– Donc, tu es bien kleptomane !

– Quoi ? Non ! Enfin, oui, mais…

J'évite son regard pendant que je m'expose et me rends vulnérable en lui racontant mon histoire :

– Mon père a des problèmes de jeu. Il a contracté des dettes énormes et maintenant, des hommes l'utilisent pour m'obliger à payer. J'ai très peu de temps pour réunir une somme astronomique.

Quand je repose les yeux sur elle, Stella a blêmi. Elle cherche ses mots :

– Oh mon Dieu ! Keyah… C'est horrible ! Je ne sais pas quoi dire.

– Voilà qui est inédit !

Elle m'accorde un sourire timide puis se penche légèrement en avant et pose sa main que la tasse de café a réchauffée sur la mienne.

– Je suis désolée d'entendre ça. Je ne peux pas imaginer ce que tu traverses.

– Merci, Stella.

Je relève doucement les yeux vers elle et lui adresse un léger sourire en signe de gratitude. Puis, délicatement, j'esquisse un geste à peine perceptible vers ma tasse et elle lâche ma main pour me permettre de retrouver une contenance en m'emparant de mon café.

La conversation dérive sur des sujets beaucoup plus superficiels jusqu'à ce que je me mette à bâiller.

Après l'avoir saluée, je vais me coucher et la laisse dormir sur mon canapé.

Je ne suis pas certaine d'arriver à trouver le sommeil en fin de compte. La visite de Stella ne m'a pas suffisamment distraite pour oublier que Martial n'a pas rempli ses obligations. Il n'est pas venu me trouver comme il m'avait promis de le faire. Je nage en pleine confusion. Je suis à la fois triste, déçue, en colère et inquiète. Notre relation m'épuise, je ne sais jamais sur quel pied danser avec lui. Je dois être sans cesse sur mes gardes et parer à toute éventualité.

Martial me rend parano !

D'ailleurs, un peu plus tôt, j'ai discrètement subtilisé le sac de Stella. J'y ai mis une paire de petites boucles d'oreilles que j'ai volées au Diamant noir. Je les ai dissimulées dans la doublure du sac en y faisant un trou juste assez étroit pour les laisser passer. Elle ne devrait pas s'en apercevoir. Ce sera ma porte de sortie, au cas où, malgré sa promesse de garder mon secret, l'envie lui prenait de me dénoncer ou de me faire chanter.

## CHAPITRE 21
## VICTORIA'S SECRET

Je viens de me mettre au lit et m'apprête à éteindre la lampe de chevet quand un froissement de tissu attire mon attention.

Martial sort alors subitement de sa cachette derrière mon rideau – une paire de rideaux en taffetas à 600 euros que Rafael a réussi à récupérer quand le Palais des songes a décidé de changer la décoration d'une de ses suites – et s'approche de moi avec une allure féline. Anticipant mon cri, il bondit sur le matelas et plaque sa main droite sur ma bouche pour étouffer le son. De l'autre, il me fait signe de me taire en posant un doigt sur ses lèvres.

Quel culot !

J'essaie de recouvrer un rythme cardiaque convenable et je chuchote pour ne pas alerter Stella, mais je le fusille du regard pour qu'il comprenne bien que je suis énervée.

– Qu'est-ce que tu fais là ? J'ai attendu toute la journée que tu me fasses signe !

Il ne répond pas à ma question et s'étend en travers de mon lit, tout habillé, avec la décontraction d'un vacancier sur la plage.

– J'ai cru que ta copine n'allait jamais cesser de parler.

Il n'a même pas retiré ses chaussures et ose les passer au-dessus de mes draps en satin ! Pourquoi je ne l'ai pas encore égorgé ?

– Comment t'as fait pour entrer ? demandé-je finalement. Vu ton vertige, je doute que tu sois passé par la fenêtre.

– Non, je suis rentré avec les clés.

Je réfléchis quelques secondes. Mes clés n'ont pas quitté ma pochette. J'en suis sûre. Alors…

– Tu as fait un double de mes clés !

Son sourire insolent est un aveu.

– Quand ? Quand tu as dormi chez moi pour la première fois ? T'as fait une moulure de ma clé, du verrou ou quelque chose comme ça ?

Je sais que Fabrice dispose de ce genre de pâte qui permet de prendre l'empreinte d'une clé pour en faire un double plus tard.

– Quelque chose comme ça…

Quoi de plus flippant ?! Aussi discrètement que possible, je tends le bras pour ouvrir le tiroir de ma commode, mais l'Ombre devine mon intention.

– Si c'est ton Taser que tu cherches, je l'ai changé de place. Je me suis dit que tu pourrais avoir le réflexe de l'utiliser en voyant un mec planqué dans ta chambre et je ne tenais pas à recevoir une nouvelle décharge.

Je lui balance un oreiller au visage. Ce qui a pour seul effet de le faire rire. Le Taser d'Omar me manque !

Martial poursuit comme si de rien n'était :

– Je trouve ça étrange que tu gardes ton Taser dans le tiroir de tes sous-vêtements. Tu devrais peut-être en parler à un psy.

– Oui, j'y penserai. Juste après lui avoir raconté comment un soi-disant musicien m'a embarquée dans une affaire de tableau volé avant de s'introduire illégalement chez moi et de se planquer derrière le rideau de ma chambre. T'es libre la semaine prochaine ? Je crois que le psy voudra que tu viennes consulter avec moi après ça.

Il choisit prudemment d'ignorer ma repartie et enchaîne :

– Tu ne devrais pas ranger un objet aussi laid avec de la lingerie aussi sexy.

Son regard brûlant descend sur le haut de ma nuisette Victoria's Secret qui dépasse de la couette. Je la remonte jusqu'à mon cou.

– OK, Marie Kondō, il n'est pas question que je couche avec toi.

Qu'est-ce qu'il croit ? Qu'il peut débarquer à toute heure du jour et de la nuit et que je dois me rendre disponible ?

– Désolé, je ne suis pas venu pour ça.

*Menteur*. Il peut dire ce qu'il veut, ses yeux expriment le contraire.

– Il faut qu'on parle boulot.

– Ah, donc toi, quand tu t'apprêtes à faire quelque chose de complètement illégal qui peut t'envoyer derrière les barreaux pour je ne sais combien d'années, tu appelles ça un « boulot » ? C'est pas comme si on allait cotiser pour la caisse des retraites et l'assurance maladie, tu sais.

Derrière mon sarcasme il doit percevoir mon inquiétude car il pose ses deux mains sur mes joues et approche son visage tout près du mien.

– Ne t'en fais pas. Tout se passera bien. Je serai là. Je veillerai à ce qu'il ne t'arrive rien.

J'aimerais tellement le croire. Il y a un mélange d'assurance, de gravité et de chaleur dans sa voix qui me fait vibrer.

– Alors explique-moi, pourquoi tu as besoin de moi pour ce coup ?

– Pour sortir les œuvres d'art de l'entrepôt. Interpol a tout misé sur la sécurité de la porte. Et chaque œuvre entreposée est d'abord recouverte d'un film magnétique quasi invisible. Si l'un de ces objets passe la porte, l'agence est tout de suite avertie. Neutraliser ce type d'antivols sophistiqués et passer chaque objet, un à un, par la porte prendrait beaucoup trop de temps. En revanche, le reste du bâtiment, c'est de la pacotille. Il est conçu de parois préfabriquées qui ont été assemblées sur place comme un Lego. C'est un de ces hangars démontables et pas très chers qui fleurissent un peu partout. Alors, on va faire passer notre butin par le toit.

Il dit ça comme si c'était tout à fait logique et courant. Je le fixe, ne sachant pas très bien s'il plaisante ou non.

– Nous avons un toit démontable et une grue à portée de main, me confirme-t-il.

Je n'arrive pas à décider si c'est du génie ou de la folie…

– Donc, tu es en train me dire que tu vas conduire une grue, enlever le toit, prendre les caisses d'œuvres d'art et refermer le toit juste après ?

– Presque. On ne va déplacer qu'une partie du toit. Et c'est *toi* qui vas conduire la grue.

Je m'étrangle :

– Tu rigoles ? Qu'est-ce que tu crois ? Que « conduite de grue » fait partie de la formation d'une hôtesse !

– On va s'entraîner. T'en fais pas. J'ai repéré un chantier en banlieue. Et puis, ta formation de pickpocket t'a appris à être habile de tes mains ! De toute façon, ça ne peut être que toi.

Sa dernière phrase est catégorique.

– Parce que toi, tu as le vertige, c'est ça ?

– Entre autres. Et parce que les caméras de surveillance à l'intérieur fonctionnent, tu prendrais le risque de révéler ton identité. En dehors de l'entrepôt, tu auras plus de chances de t'en tirer si jamais ça devait mal tourner.

Alors que je commence à lever un sourcil, il se reprend tout de suite :

– Mais tout se passera bien.

Je réfléchis tout haut.

– OK, mais après, on les cache où, ces caisses remplies d'œuvres d'art ?

Ses yeux brillent d'excitation.

– Sur le chantier abandonné juste à côté. Tu sais, celui qui appartient à mon entreprise fictive. J'ai eu le temps de faire creuser assez profond avant d'ordonner l'arrêt des travaux. Personne ne pensera à fouiller là. Ils croiront tous qu'on les a emportées le plus loin possible !

***

Je ne dirais pas que Martial m'a convaincue de la réussite de ce plan plus qu'audacieux, mais alors que nous chuchotons dans l'obscurité de ma chambre depuis plus d'une demi-heure, il finit par me faire croire que c'est possible.

C'est étrange de songer que Martial est sur mon lit et tout habillé, en plus. C'est à la fois incongru, surprenant, bizarre et en même temps, ça me paraît presque naturel, agréable et rassurant. La crainte de se faire entendre par Stella qui dort à proximité dans mon salon ajoute à l'excitation du plan qu'on prépare. L'Ombre est de moins en moins professionnel et se fait de plus en plus taquin.

– Je m'occuperai d'abord de donner de fausses instructions aux agents de sécurité en piratant leur système de communication. Première barrière : envolée.

Pour mimer « l'envol », il écarte la couette qui me recouvrait, dénudant mes jambes. Ma nuisette émeraude satinée est remontée très haut sur mes cuisses. Son regard sombre s'y attarde un moment. Je ressens une brûlure intérieure.

Ses doigts se posent délicatement sur la coupure que je m'étais faite au niveau du genou. Il n'y a plus qu'une légère croûte à la surface de ma peau.

– Tu as enlevé le pansement toute seule ?

Sa question sonne presque comme une accusation.

– Oui, toute seule comme une grande.

À genoux face à moi, alors que je suis assise et adossée contre mon oreiller, il fait claquer sa langue contre son palais.

– J'aurais préféré que tu m'attendes pour la visite postopératoire.

Je ris en réaction au ton faussement académique qu'il a emprunté.

– Désolée, docteur. Et vous pensez que c'est bon, là ?

Son expression sérieuse s'évanouit quand il fait la moue et abandonne son intonation professorale pour un ton beaucoup plus chaleureux.

– Il y aura quand même besoin d'une autre consultation… voire de deux ou trois. Ou plutôt de mille. Oui, disons mille pour être sûrs.

Ce n'est qu'une plaisanterie, mais mon cœur n'a pas le sens de l'humour et s'emballe malgré moi, comme si l'Ombre venait de me faire une déclaration.

Avec une infinie douceur, il pose le dos de son index sur mon épaule dénudée. J'ai le souffle court et les sens en alerte, focalisée sur le minuscule morceau d'épiderme qu'il touche. Comment un geste si minime peut-il avoir un effet aussi retentissant dans tout mon corps ?

Son doigt descend avec une lenteur cruelle vers la bretelle de ma nuisette. C'est une douce torture mais je ne compte pas céder cette nuit.

Je déglutis et répète, avec un peu moins de conviction :

– Je ne vais pas coucher avec toi.

– Tu l'as déjà dit. Concentre-toi sur notre travail.

Il fait semblant d'être toujours dans sa démonstration professionnelle, mais son expression a changé. Il n'est plus aussi sérieux. Ce n'est plus du travail, mais un jeu. Son ton se fait plus suave.

– Deuxième étape : je déverrouille le système de sécurité de la porte. Le code change régulièrement mais, bien sûr, j'ai piraté le système.

Ses doigts pianotent sur mon épaule et me font frémir.

– Un. Deux. Trois. Quatre. Clic.

Son index passe en dessous de ma bretelle. Je souris.

– Un, deux, trois, quatre ?

– D'accord, le code sera peut-être plus élaboré, mais ce n'est qu'une démonstration. Dans tous les cas, la porte ne sera pas un problème.

Il reprend un ton professoral :

– Veuillez rester concentrée tout le long de l'exposé, chère collaboratrice. Et merci de garder vos questions pour la fin.

Je me pince les lèvres et joue le jeu en prenant l'attitude de la bonne élève.

– Je disais donc : je déverrouille la porte et je l'ouvre…

Tout en terminant sa phrase, il fait glisser la bretelle de ma nuisette le long de mon bras jusqu'à mon coude.

Immobile, je savoure cette nouvelle caresse sur ma peau.

Il rapproche son visage du mien et souffle dans mon oreille. Un agréable frisson se promène sur ma colonne vertébrale.

– Il faudra être très délicat avec les œuvres…

Et avec une délicatesse dont je ne le savais pas capable, il me caresse. Partout. J'ai la sensation d'être à la fois fragile et précieuse à ses yeux. On ne m'a jamais touchée de cette façon, ne m'a jamais considérée comme quelqu'un de particulièrement sensible. Il n'y a aucune raison pour qu'un homme me traite de cette manière parce que je tiens toujours à montrer que je suis une femme forte. Mais curieusement, j'apprécie, pour une fois, qu'on soit aussi attentionné avec moi.

Je songe « Tu te ramollis, Keyah ! » et en même temps, j'ai la sensation que, de fait, mon corps se détend entièrement, malléable et totalement offert aux mains expertes de l'Ombre.

## CHAPITRE 22
## DOLCE & GABBANA

Techniquement, je n'ai pas couché avec Martial hier soir. Enfin, pas tout à fait. Après tout, il n'a pas enlevé ses vêtements, même pas ses chaussures. Il a juste pratiqué un examen postopératoire un peu trop poussé et confondu mon genou avec mon intimité. Ce sont des choses qui arrivent. *Ma dignité est intacte !* De quoi aurais-je eu l'air si, après avoir déclaré deux fois « Je ne vais pas coucher avec toi », j'avais trahi ma propre promesse cinq minutes plus tard en étouffant mes gémissements pour ne pas alerter Stella ?

*Vraiment, Keyah ? Qu'est-ce qui t'arrive ? Tu as plus de détermination que ça d'habitude !*

Je crois que ce moment d'égarement est dû au stress du cambriolage. Après tout, nous avions tous les deux besoin de relâcher la pression, de nous décharger de cette tension qui nous colle à la peau et de nous échapper un moment de la réalité. Je me persuade que cette nuit n'avait pas d'autre signification. Ce n'était qu'un simple moment d'égarement !

Ma jeune collègue a quitté mon appartement tôt ce matin. J'ai eu l'impression de voir une autre femme devant moi. Déjà plus sûre d'elle et plus classe. J'espère que mes conseils de la veille ont fait leur effet. Mais c'est peut-être simplement parce qu'elle portait mon blazer qu'elle avait l'air si chic tout à coup.

Ce soir, je vais m'entraîner avec Martial. Et cette fois, il m'a donné rendez-vous. Pas de surprises. Pas d'attente interminable.

***

J'ai entré l'adresse que l'Ombre m'a donnée dans le GPS.

Je conduis et me laisse guider par la voix féminine tout en songeant à mon père. Honnêtement, en ce qui concerne sa survie, ni le plan de Martial ni celui de Fabrice ne me rassurent réellement. Et surtout, les ravisseurs ne m'ont pas envoyé de nouvelles photos de lui depuis plus de vingt-quatre heures. Je n'ai plus qu'à espérer qu'en mettant deux plans en place, au moins l'un d'eux fera ses preuves.

Pensive, je suis surprise quand le navigateur m'annonce que je suis arrivée à destination. À travers le pare-brise et les vitres de ma Mercedes, je constate que tout est noir autour de moi. Rien ne brille, à part l'highlighter sur le haut de mes pommettes.

Je me gare sur le bas-côté. Dès que je pose pied à terre, mes talons s'enfoncent dans des graviers et je suis déséquilibrée. Un bras sorti de nulle part me rattrape avant que je vacille.

Je crie. Il faut vraiment qu'il arrête de surgir subitement devant moi, surtout en pleine nuit sur un chantier abandonné. J'ai eu la peur de ma vie ! Dans la pénombre, je devine l'air réjoui de Martial.

– Je te préviens : les psychopathes qui attirent les femmes dans des coins malfamés pour les torturer et les tuer, ce n'est pas du tout mon genre d'hommes.

– Nous avons donc un avenir, ironise-t-il. Je ne suis qu'un voleur.

– Alléluia !

Il fait quelques pas sur le côté et branche une grande rallonge électrique à un groupe électrogène que je distingue tant bien que mal dans la pénombre. D'un coup, la lumière vive d'un gros projecteur m'aveugle.

L'Ombre se la joue théâtral. Il pivote un peu et ouvre grand les bras en direction d'un point derrière lui.

– C'est l'heure de ton premier cours !

Dubitative, j'observe la grue à distance. Elle culmine au moins à vingt mètres. Les yeux de Martial se posent sur mes magnifiques bottes Dolce & Gabbana.

– C'est vraiment ces chaussures que tu as choisi de porter pour grimper sur une grue ?

– Les talons ne font que dix centimètres, m'insurgé-je. Je n'ai pas plus bas. C'est comme des chaussons pour moi. Et puis, oui, j'ai pensé que c'était tout à fait adapté de porter des bottes sur un chantier ! Tu croyais quoi ? Que j'avais des chaussures de sécurité dans mon dressing ? Et arrête de les regarder comme ça, tu vas les vexer !

Un rictus au coin des lèvres, il lève les mains en guise de capitulation :

– Elles te vont très bien. C'est juste que je m'inquiète. Je ne voudrais pas que tu tombes…

Je lève les yeux au ciel.

– Je rectifie. En fait, il y a deux types d'hommes qui ne sont pas mon genre : les psychopathes *et* les hommes prudents.

Son sourire s'étire.

– Heureusement, un homme prudent ne ferait pas ça.

Il s'approche, pose ses mains sur mon visage et ses lèvres sur les miennes.

Il croit probablement que son geste suffira à me faire taire et à me calmer. Et il a raison. Je ne suis pas fière de me laisser bâillonner de la sorte, mais à ma décharge, il est difficile de parler quand un (bel) homme vous embrasse. Je ne résiste pas longtemps et il en profite pour approfondir notre baiser.

Finalement, je me détache de lui.

– Bon, allons-y.

Tandis que nous nous dirigeons vers la grue et son échelle, il me tend un talkie-walkie. Je l'interroge du regard.

– Pour qu'on puisse discuter.

– Ah oui, j'oubliais. Toi, tu préfères rester les deux pieds sur terre.

– De toute façon, il n'y a pas de place pour deux dans la grue et il faut bien que quelqu'un fasse le guet.

Sous les yeux de Martial, je coince le talkie dans le décolleté de ma robe. Je n'aurais jamais cru faire un truc pareil de toute ma vie. Voler Interpol, passe encore, mais m'adonner à un geste aussi vulgaire, en extérieur en plus, j'ai honte ! Heureusement qu'il fait nuit.

Les deux mains libres, je commence à grimper à l'échelle sous le regard admiratif et un brin anxieux de Martial. Plus je monte, plus je ressens le froid et l'air qui s'insinuent sous ma robe trop légère. Le tissu vole et dévoile mes jambes, mes cuisses et même mes fesses par intermittence. L'Ombre est aux premières loges.

Coincé au milieu de mon soutien-gorge, le talkie se met à grésiller :

– T'inquiète pas, je ne regarde absolument pas ton tanga en dentelle blanche.

Il a de la chance que, concentrée sur la montée de l'échelle, je ne puisse pas lui servir une réplique bien sentie !

Arrivée enfin à la cabine en haut de la grue, j'ai le souffle coupé. D'ici, j'ai une vue imprenable sur la banlieue endormie et les lumières de Paris au loin qui éclairent la nuit comme des lucioles. Je me sens seule au monde, légère comme une plume et surtout, j'éprouve un immense sentiment de liberté. Mes poumons se gonflent comme si je respirais mieux. Je dois afficher un air béat ridicule mais je m'en fiche : je suis bien. Presque euphorique.

– Allez, Keyah, on se concentre, grésille la voix de Martial entre mes seins.

J'obéis, mais le sentiment de puissance ne me quitte pas pendant toute l'heure qui suit. Dans le talkie, Martial me donne des indications et me fait des blagues. Il s'avère qu'une fois qu'on a pris le coup, la conduite d'une grue n'est pas si difficile. Surtout que je n'aurai pas à être très précise.

Malheureusement, dans un moment de trop grande confiance, je confonds le joystick qui sert à la descente avec le frein d'orientation, ce qui déstabilise le peu de contrôle que j'avais.

Soudain, la grue commence à bouger de manière inattendue dans un grincement métallique qui m'effraie. La structure en métal pivote sur son axe horizontal et la flèche commence à s'incliner dangereusement d'un côté. Le bruit du treuil électrique, utilisé pour monter ou descendre le crochet, résonne dans la cabine. Paniquée, j'appuie sur une commande au hasard, faisant descendre le crochet beaucoup plus bas que prévu.

J'entends Martial crier dans le talkie :

– Ouch… Pas mal ce coup, commente-t-il.

Alarmée, je m'empare de mon talkie à mon tour :

– Oh mon Dieu ! Je suis vraiment désolée, je ne voulais pas te toucher, tu vas bien ? J'ai heurté ta tête ?!

Je dois attendre quelques secondes avant que sa voix ne résonne de nouveau dans le petit habitacle.

– Non, ça va. Rassure-toi, j'ai paré le coup en bloquant le crochet de la grue avec ma main. Je vais juste avoir un bon gros bleu. Mais je crois qu'on devrait arrêter l'entraînement, maintenant.

OK, note à moi-même : faire plus attention à mon complice. J'ai failli le faucher ! J'avoue que j'en suis presque amusée. Il n'a pas l'air de souffrir réellement alors je suis rassurée. Si je l'avais défiguré, là, ça aurait été grave.

Mais en redescendant, je reviens sur terre au propre comme au figuré. Certes, j'ai fini par arriver à manier cet engin de malheur sans trop de casse – excepté une main amochée –, mais qu'en sera-t-il le jour J, avec l'angoisse et le stress pour seules compagnies ?

Dès que je rejoins Martial, je lui prends sa main d'autorité pour l'examiner :

– Attends, laisse-moi voir ça.

Merde. Il a carrément minimisé l'incident, là. Le côté de sa main est en train de gonfler et de changer de couleur. D'ailleurs, il grimace alors que je l'effleure à peine. Comment va-t-il faire pour le cambriolage ? Il a besoin de ses deux mains valides !

– T'es sûr que ça ne va pas te handicaper ?

Il tente de me rassurer :

– Ne t'inquiète pas, j'en ai vu d'autres. J'ai une bonne résistance à la douleur.

Est-ce qu'il fait allusion à son père ? Mon cœur se serre. Avisant ma moue sceptique, il ajoute :

– Je n'ai rien de cassé, je t'assure.

En guise de preuve, il agite sa main dans tous les sens devant moi et fait de drôles de figures avec ses doigts comme dans un spectacle d'ombres chinoises. Ses simagrées m'arrachent un sourire. Bon, il vaut mieux que ça arrive pendant l'entraînement…

– Plus qu'à espérer que je ne vais pas t'assommer ou abîmer une des œuvres que l'on veut revendre. Au fait, qu'est-ce qui serait le plus grave ?

Je lui adresse un sourire complice alors que je le revois courir désespérément pour récupérer *L'Appartement de jalousie*.

– Quoi qu'il arrive, tu sauves les œuvres d'art !

Il ne plaisante qu'à moitié. J'ai appris l'importance qu'il accorde à toutes ces pièces inestimables.

Martial s'assoit sur une grosse pierre et je l'imite dans le silence pesant. Nos bras et nos jambes se touchent. Le soir où on s'est rencontrés, il m'a dit aimer la nuit parce que les gens ont un autre visage à ce moment-là. J'observe son profil. C'est vrai. Il n'est pas tout à fait le même homme ce soir. Je le trouve moins mystérieux, plus accessible, moins arrogant aussi. Il se tourne vers moi. Malgré la couleur sombre de ses yeux, son regard reste doux.

– Tu n'es pas trop angoissée ?

Je joue la comédie pour tenter de masquer la vérité :

– Angoissée par quoi ? La hauteur de la grue ou les années de prison que je risque ?

Il affiche un timide sourire et m'observe intensément.

– On peut encore tout annuler, si tu veux.

Il me dit ça d'une traite, rapidement, comme s'il m'envoyait une balle et que je devais la saisir au vol ou la laisser m'échapper à tout jamais.

– Non. Je veux le faire. Je n'ai pas le choix.

Il se décrispe, visiblement soulagé.

– Rien ne te fait peur, toi !

Je sais qu'il pense me faire un compliment et quelque part, oui, je suis flattée qu'il me dise ça. J'aime renvoyer cette image de femme forte, puissante, inébranlable. Pourtant, je ne peux m'empêcher de démentir :

– Ce n'est pas vrai que je n'ai peur de rien. J'ai peur de plein de choses. Quand j'étais gamine, j'avais peur qu'on me prenne en pitié parce que j'avais perdu ma mère étant jeune. Aujourd'hui, c'est pire. J'ai peur d'avoir le même cancer que ma mère parce que les médecins disent que c'est héréditaire, de ne pas avoir assez profité de la vie avant de mourir, de m'enliser dans une routine, d'avoir une vie médiocre, de m'ennuyer, de passer inaperçue, de ne laisser aucune trace dans la vie d'au moins une personne…

Je me tais. Qu'est-ce qui me prend ? On dirait une de ces femmes qui se répandent sur leurs malheurs dans des émissions de témoignage. Ce n'est pas moi, ça ne me ressemble pas.

*Pourquoi ne me suis-je pas contentée de lui dire que j'avais peur des araignées ou des serpents ?*

Gênée, j'ose à peine le regarder.

– Il est trop tard pour ravaler mon vomi sentimentaliste ?

Je le sens sourire.

– Oui.

– C'est bien ce que je pensais. De toute façon, ravaler son vomi, c'est vraiment pas classe. Je ne ferais jamais un truc pareil. Je m'autorise un quota d'une seule action vulgaire par an. Et comme je viens de coincer un talkie-walkie dans mon soutien-gorge, il faudra attendre l'année prochaine.

J'ai bien conscience de trop parler mais c'est comme si je me semblais obligée de meubler cette nuit silencieuse.

Alors que je m'apprête à poursuivre ma litanie, Martial me coupe :

– Moi, ce que je crains le plus, c'est de ressembler à mon père. Et si, un jour, j'avais un geste violent incontrôlé ? Et si j'avais hérité d'un gène pourri qui pourrait me transformer en monstre ?

J'entends dans son intonation que cette déclaration lui coûte. Je ne dis rien. Je ne veux pas le braquer, mais je devine qu'il n'a pas envie de s'épancher plus.

– Et j'ai peur du vide, aussi, ajoute-t-il avec un demi-sourire.

*Tu as surtout peur de trop te dévoiler.*

Malgré cette pensée, je me contente d'acquiescer et nous nous relevons pour rejoindre nos voitures respectives. Dès que nous arrivons devant ma Mercedes, ses yeux accrochent les miens.

Sa voix grave et vibrante perce la nuit :

– Je n'aurais pas pu rêver meilleure collaboratrice. Tu t'es débrouillée comme une cheffe.

Alors que ma poitrine se gonfle de fierté, son ton se fait taquin :

– Sauf peut-être au moment où tu as confondu ma tête avec une balle de golf et la grue avec un club !

– Qu'est-ce qui te fait croire que je ne l'ai pas fait exprès ? J'essayais de te recoiffer.

Il rit.

– Décidément, tu as un problème avec mes cheveux.

Soudain, une sonnerie impersonnelle nous interrompt et Martial me lâche immédiatement des yeux. Après avoir sorti son téléphone de sa poche, son visage s'assombrit légèrement, mais il décroche avec un ton sec :

– Oui, dis-moi.

Je perçois une tension dans sa voix alors qu'il échange quelques mots avec son interlocuteur. Les détails précis m'échappent, mais il évoque des rendez-vous, des précautions prises pour la revente d'une œuvre.

– D'accord, j'arrive. À tout de suite.

Dès qu'il raccroche, il revient vers moi avec une moue pincée.

– Un de mes contacts a besoin de moi pour organiser la vente d'une des pièces que l'on va voler. J'ai prévu de multiplier au maximum le nombre de revendeurs, c'est plus prudent.

Évidemment, si les œuvres ne sont pas toutes écoulées par les mêmes personnes, ni au même moment, alors il sera plus difficile de les pister et donc de remonter jusqu'à nous.

Je lui adresse un sourire compréhensif.

– Pas de problème, Martial. Fais ce que tu as à faire. On se retrouvera plus tard.

Il acquiesce et se penche pour déposer un baiser sur ma joue avant de s'éloigner. Alors que je monte dans ma Mercedes, je regarde mon téléphone où un message de Stella m'attend :

Je suis là si tu as besoin
de quoi que ce soit. Bon courage.

Hum… Que je le veuille ou non, maintenant que j'ai mis Stella dans la confidence des récents événements, elle est impliquée. Et une personne supplémentaire ne serait pas de trop pour la mission que m'a confiée Fabrice ! Je la rappelle donc aussitôt pour qu'elle me rejoigne devant mon appartement en même temps que Rafael.

On va faire ça demain. Je refuse de me retrouver impuissante, passive et seule trop longtemps. J'ai besoin de voir du monde et de rester dans l'action.

## CHAPITRE 23

## YVES SAINT LAURENT

La journée est déjà bien avancée lorsque je rejoins Stella au Palais des songes. Comme prévu, Rafael nous a alertés au moment où Mirot quittait l'hôtel. Mon meilleur ami nous conduit vers la porte de service, un endroit où la façade décorative de l'établissement laisse place à un couloir sombre et discret. Les spots au plafond m'aveuglent avant que mes yeux s'accoutument à la nouvelle luminosité. Stella s'accroche à moi dans son tailleur Yves Saint Laurent *oversize* du plus bel effet. Je m'apprête à la complimenter – je lui dois bien ça ! –, mais son visage d'habitude radieux est marqué par une certaine tristesse.

Est-ce que Stella a pleuré ? Ses yeux me semblent légèrement rougis et un voile de larmes est encore perceptible. Ai-je bien fait de l'entraîner là-dedans ? Cette mission n'est-elle pas trop dure à supporter pour ses nerfs ?

– Tout va bien, Stella ? Tu stresses ? Tu n'es pas obligée de…

Elle m'interrompt en secouant énergétiquement la tête.

– Non, ce n'est rien. Rien à voir avec notre présence ici.

Alors que je continue à l'interroger du regard, elle lâche :

– C'est juste que je viens de me faire larguer.

Aïe. Je ne m'attendais pas à ça. À vrai dire, j'ignorais même qu'elle était en couple. Évidemment, pour ça, il aurait fallu que je m'intéresse à elle. Je m'en veux d'avoir été aussi peu avenante avec elle alors qu'elle est toujours partante pour m'aider quoi qu'il se passe.

– Tu sais, je comprendrais si tu préférais rentrer.

Elle secoue la tête énergiquement, malmenant sa longue chevelure et les mèches de son balayage.

– Non. Surtout pas. J'ai besoin de m'occuper l'esprit, de ne plus penser à lui et de ne pas être seule.

Je la comprends parfaitement !

– Très bien, ne parlons pas de ce connard.

Elle a un léger sourire en faisant remarquer :

– Tu ne le connais même pas. Peut-être que ce n'est pas lui, le connard.

– Hum… Quand il t'a larguée, tu étais déjà habillée comme ça ?

Elle sourcille en hochant la tête.

– Un type ne largue pas une nana quand elle porte ce sublime tailleur-pantalon Yves Saint Laurent, sauf si c'est le dernier des connards ! m'écrié-je, un peu trop fort au goût de Rafael qui me donne un coup de coude.

Du regard, j'invite mon meilleur ami à confirmer.

– J'avoue, cède-t-il en secouant la tête. Aucune classe.

Stella pouffe de rire.

Je pourrais insulter ce type de longues minutes, mais Rafael me remet sur les rails :

– Bon. En parlant de connard, il serait temps qu'on aille en dépouiller un, non ?

Il a raison. Tout en grimpant l'escalier de service derrière lui, Stella dans mon sillage, je me concentre sur cette clé USB cryptée que nous devons récupérer. Si elle contient les informations sur le lieu où mon père est détenu comme Fabrice l'espère, alors chaque seconde compte. Il m'a confié un boîtier électronique qui est supposé me permettre d'ouvrir le coffre de Mirot. Je n'ai jamais utilisé de gadget comme celui-ci, mais si le stagiaire dit que « ce n'est pas sorcier », alors je devrais m'en sortir. Après tout, est-ce qu'il a déjà réussi à manier une grue, lui ?

Quelques instants plus tard, Rafael déverrouille la porte de la chambre d'Éric Mirot. Elle s'ouvre sur une pièce somptueuse, baignée de lumière naturelle.

Alors que Rafael et moi avançons dans la pièce, laissant Stella faire le guet à la porte, j'avise les tons dorés et crème des murs, le lit king-size drapé de satin qui trône au centre de la pièce et les rideaux épais, brodés de motifs élégants, qui encadrent une baie vitrée donnant sur une vue à couper le souffle de la ville en pleine effervescence.

Mes yeux se baladent rapidement dans la chambre à la recherche du coffre-fort. Je remarque un bureau en bois massif, décoré de photos encadrées et de bibelots de luxe, près de la fenêtre. C'est probablement là que se cachent les documents réclamés par Fabrice.

Je fais signe à Rafael de s'occuper de ça. Il doit photographier tous les papiers potentiellement incriminants. Stella est restée en embuscade dans le couloir et garde un œil vigilant sur les alentours. Pour l'instant, la voie est libre : Rafael a vu Mirot quitter l'hôtel sur les caméras de surveillance et il ne l'a pas encore vu revenir. Mais, même si la plupart du temps ses activités durent plusieurs heures, nous ne savons pas avec certitude quand il va rentrer.

Je repère enfin le coffre-fort caché derrière un tableau. Rapidement, j'y connecte le boîtier électronique et je lance le programme pour que l'appareil trouve la bonne combinaison.

– Oh, bonjour, s'exclame Stella depuis le couloir.

Sa voix s'éloigne, nous laissant avec un sacré pic d'adrénaline. Rafael qui a posé une main sur sa poitrine m'indique silencieusement qu'il va voir ce qui se passe. Dix secondes plus tard, alors que ce foutu boîtier rame toujours, mon ami revient à côté de moi et chuchote :

– Mirot vient de sortir de l'ascenseur. Stella l'occupe pour le moment mais il faut faire vite.

Joignant le geste à la parole, il reprend aussitôt ses photographies avec frénésie. Quant à moi, je poireaute toujours… En même temps, c'est le stagiaire qui a paramétré cette machine, je suis sûre que cet idiot a oublié une ligne de code et que maintenant, je vais devoir attendre des plombes avant que… Oh miracle, ça a marché !

J'ouvre le coffre à la hâte et, bonne nouvelle, la clé m'attend. Mauvaise nouvelle : je dois télécharger son contenu en moins d'une minute et je suis une bille en technologie. Pour preuve, je dois m'y reprendre à trois fois pour réussir à enclencher le téléchargement ! La jauge qui s'affiche sur mon petit écran semble me narguer. Elle ne se remplit pas assez vite !

La voix faussement enjouée de Stella se rapproche dangereusement. Elle ne va pas pouvoir le retenir encore longtemps. J'entends maintenant distinctement leur échange, signe qu'ils ont sûrement atteint l'entrée de la chambre.

– Oh, je crois que vous avez fait tomber votre montre ! s'exclame Stella d'une voix de crécelle.

Tiens, Stella a bien retenu la leçon du petit tour de pickpocket !

Rafael m'agrippe alors le bras :

– Il faut qu'on se tire maintenant ! Là, tout de suite ! On n'a plus une seule seconde à perdre !

Ses traits sont déformés par l'angoisse. Il trépigne, seulement, le téléchargement n'en est qu'à la moitié…

Oh, tant pis ! Plan B ! Je fourre la clé USB cryptée dans ma poche et en sors une autre du même modèle que je repose à sa place dans le coffre. J'avais préparé cette solution d'urgence grâce à la description que m'en avait faite Fabrice et, même si elle est plus risquée, ce n'est pas pire que de se faire surprendre ici.

L'instant d'après, nous rejoignons le couloir. Un coup d'œil pour vérifier que Mirot nous tourne le dos et Rafael nous fait entrer précipitamment dans la chambre d'à côté grâce à son passe-partout pendant que Stella continue ses simagrées.

– C'est un modèle magnifique. Elle doit valoir une petite fortune. Heureusement que je l'ai vue glisser de votre poignet.

Je referme la porte derrière nous et m'adosse contre elle, en parfaite synchronisation avec mon meilleur ami. C'était moins une !

Soudain, je m'aperçois que la pièce est occupée. J'ai à peine le temps de retenir un cri qu'un homme torse nu vient à notre rencontre, sidéré.

Pris au dépourvu, Rafael annonce :

– Service de chambre.

L'homme et la femme, qui semble s'être rhabillée à la va-vite car sa robe est à l'envers, se dévisagent, déconcertés, avant que la colère commence à affluer chez le quinquagénaire :

– Mais enfin, nous n'avons rien demandé ! Vous n'avez pas vu la pancarte « Ne pas déranger » ? Vous êtes tellement cons que vous ne savez pas lire ou bien c'est qu'on ne vous a pas appris la politesse, dans votre pays ?

S'ensuit un monologue entrecoupé d'injures et de propos racistes et réactionnaires. Waouh. J'espère qu'il est plus aimable après son café du matin.

Si Rafael se confond en excuses, promet de leur offrir un petit déjeuner d'anthologie demain matin et de ne plus venir les importuner dans leur chambre, moi, j'en profite pour mettre la main sur une paire de boucles d'oreilles qui me fait de l'œil sur la console juste à côté de moi. Certes, elle n'est pas à Monsieur, mais j'ai bien vu Madame hocher la tête à plusieurs reprises pendant qu'il déversait toute sa haine.

Lorsque nous regagnons le couloir, l'altercation a duré assez longtemps pour que Mirot ait rejoint sa chambre. Stella nous attend devant l'escalier de service, les yeux encore écarquillés.

– Bien joué, chuchoté-je en la rejoignant. Tu es douée, j'ai du souci à me faire !

Son visage s'illumine d'une fierté évidente, mais elle n'a pas le temps de répliquer que Rafael nous pousse dans la cage d'escalier.

– Keyah, dis-moi que tu as eu le temps de télécharger le contenu de la clé USB.

Je prends un air dépité.

– Non, j'ai dû embarquer la clé…

J'explique face à leurs visages interdits :

– Je l'ai remplacée par une identique. J'espère seulement que Mirot ne se rendra pas compte trop rapidement de la supercherie et qu'on aura le temps de le coincer et de trouver mon père avant.

Rafael et Stella acquiescent mais l'inquiétude marque leurs traits.

– Il ne doit pas la regarder tous les jours, me rassure Stella. Au mieux, il s'assure tous les matins qu'elle est toujours dans son coffre.

Rafael confirme :

– Oui, et puis, Fabrice avait l'air pressé lui aussi. Quand est-ce qu'on a rendez-vous pour lui remettre tout ça ?

– Demain matin, à la première heure. On se retrouve tous les trois à 8 h 30 au commissariat.

– Oh, moi aussi ? Parfait, se réjouit Stella.

En sortant de l'établissement, je peux presque voir le thorax de Rafael se gonfler, comme s'il avait retenu sa respiration tout le temps de la mission.

– On s'est débrouillés comme des chefs ! se réjouit-il en passant une main dans ses longs cheveux bruns.

Je confirme et sors la paire de boucles d'oreilles de ma poche :

– Et j'ai même récupéré un petit bonus !

– Merde ! À quel moment tu as eu le temps de voler ça ? Et s'il y avait une enquête ? Tu te rends compte des risques que tu prends ?

Je m'excuse à moitié :

– C'était plus fort que moi ! Ce couple n'arrêtait pas de te crier dessus.

Il secoue la tête, dépité, pendant que je me retourne vers Stella :

– Tiens. Tu les as bien méritées.

Alors qu'elle saute de joie sur le parking du Palais des songes, je reporte mon attention sur Rafael :

– Voilà, c'est comme ça qu'il faut réagir. Prends-en de la graine !

## CHAPITRE 24
## ALEXANDER MCQUEEN

Je pénètre dans le commissariat, rongée par l'inquiétude. Et si, depuis hier après-midi, Mirot avait ouvert le coffre et lancé tous ses hommes à la recherche de cette fichue clé ? Et s'il avait décidé de se débarrasser de son otage encombrant maintenant qu'il sait qu'il a les flics aux fesses ?

Stella et Rafael n'ont pas l'air d'avoir dormi non plus la nuit dernière. Mon meilleur ami étouffe un bâillement quand Fabrice, le visage aussi fermé que d'habitude, nous conduit dans son bureau. Est-ce que c'est un truc de flic d'essayer d'imiter l'expression de Victoria Beckham ? J'ai souvent envie de lui dire que cette histoire de ne pas sourire pour garder une peau lisse et sans rides n'est qu'un mythe.

Il nous fait asseoir sur ce qui ressemble à des chaises d'écolier et de salon de jardin dépareillées. De toute évidence, il n'a pas l'habitude de recevoir autant de monde dans son bureau. Il prend place en face de moi.

– Bon. Voyons voir ce que vous nous avez rapporté.

Rafaël et moi sortons tous les deux une clé USB.

– Sur celle-ci, j'ai mis les photos des papiers que tu as demandés et celle de Keyah, c'est la clé cryptée qu'on a trouvée dans le coffre. Elle n'a pas eu le temps de télécharger les données, donc on a pris l'originale.

Même si j'espère que Fabrice trouvera ce qu'il cherche dans les photos, je ne peux m'empêcher d'observer sa réaction alors que nous lui donnons le choix entre les deux clés. Je m'en veux d'avoir des doutes. Certes, Fabrice a voulu profiter de notre visite dans l'antre de Mirot pour recueillir des indices sur d'autres enquêtes, mais je ne peux pas croire que le kidnapping de mon père l'indiffère. Il me prouve d'ailleurs que ce n'est pas le cas quand il récupère la clé cryptée et fait signe à Rafael de poser la sienne sur le bureau.

Fabrice se met aussitôt au travail, son regard rivé sur l'écran. Il reste silencieux pendant de longues minutes, le temps que son logiciel termine l'extraction. J'échange des regards impatients avec Rafael et Stella.

– Ça avance ? m'impatienté-je, incapable de contenir mon anxiété.

Fabrice me répond par un simple claquement de langue et un regard réprobateur.

Les secondes s'égrènent, interminables. Stella malmène son vernis à ongles tandis que Rafael trépigne sur sa chaise en plastique.

Enfin, l'écran s'anime. Dans le reflet de la vitre, des lignes défilent, mais impossible de les déchiffrer avec l'effet miroir.

– Je crois que j'ai un lieu, annonce Fabrice.

Un frisson parcourt mon échine. Je me penche instinctivement en avant. En claquant des doigts, Fabrice réclame l'attention du stagiaire resté debout dans un coin de la pièce.

– Trouve-moi les enregistrements des caméras de surveillance à cet endroit.

Il griffonne une adresse sur un Post-it comme s'il craignait qu'en le disant à voix haute, je bondisse de ma chaise pour me précipiter sur les lieux avec un bazooka.

Je lève les yeux au ciel mais ne dis rien alors que le stagiaire passe devant moi en prenant soin de cacher le recto du Post-it contre son tee-shirt, l'air de me narguer.

J'ai le temps d'imaginer trente-six manières de le tuer, allant de la classique décapitation à l'écartèlement en passant par l'électrocution, avant qu'il ne revienne avec les fameux enregistrements.

Dès qu'il entre dans la pièce, je me tourne vers Stella et Rafael :

– J'ai pas pris quelques rides au coin des yeux ?

Stella sourit mais mon meilleur ami détourne le regard. Il devient toujours très obéissant, limite soumis, en présence de n'importe quel représentant des forces de l'ordre. Même d'un stagiaire, apparemment. Le concerné, lui, se contente d'ignorer mon sarcasme.

Alors que Fabrice visionne les enregistrements des caméras de surveillance, la tension monte d'un cran. Je scrute son visage à la Victoria Beckham mais comme elle, Fabrice reste de marbre. Les statues du musée Grévin sont moins figées que lui ! Tout à coup, il s'anime et fait tourner son écran vers nous. Sur la vidéo, deux hommes en pleine discussion et une berline noire devant un hangar. L'un d'eux m'est familier, mais l'autre reste toujours de dos comme s'il savait exactement où se trouvait la caméra et faisait exprès de ne pas exposer son visage.

Cependant, mon attention se focalise très vite sur la voiture. Mon rythme cardiaque s'affole.

– C'est forcément là qu'ils le détiennent ! Je reconnais la plaque !

Stella, la moins impliquée émotionnellement et donc la plus pragmatique, demande :

– De quand date l'enregistrement vidéo ?

– De cette nuit, répond Fabrice avec calme. Il y a quelques heures à peine. Et c'est bien Mirot, là. Je le tiens.

Il pointe l'homme qui se tient de profil sur la droite de l'image. Effectivement, il ressemble bien au client de la chambre d'hôtel. Stella qui l'a vu de très près et l'a même abordé confirme :

– C'est bien lui.

Fabrice se lève d'un bond.

– Je vais de ce pas voir mon commandant. L'opération devrait être montée en moins d'une heure.

Dès qu'il nous laisse seuls, rapidement suivi par son stagiaire, je me sens inutile. Très vite, l'agitation règne dans les bureaux, signe que Fabrice a obtenu l'accord de ses supérieurs, mais par conséquent, personne ne nous prête plus attention.

Je regarde l'écran où la vidéo tourne encore. Cette fois, je me concentre sur l'homme de dos qui échange avec Mirot. Une sensation de malaise m'envahit.

Je reconnais cette silhouette, cette attitude, cette chevelure, cette veste Alexander McQueen… Non, c'est impossible, je dois me tromper ! Ou bien c'est une coïncidence ? Combien de personnes ont cette veste en cuir ? Et peut-on vraiment reconnaître un homme de dos ? Mais la vidéo continue à être lue et les deux hommes échangent de l'argent. Je peux distinguer nettement les mains de l'inconnu, car Fabrice a fait un zoom pour identifier Mirot et la plaque d'immatriculation.

La réalité me frappe de plein fouet.

– Non, c'est impossible, je murmure, serrant les poings.

Mon cœur se brise quand il se tient la main, pile à l'endroit de la blessure que j'ai infligée à Martial la veille. La trahison me heurte comme un coup de poignard.

Comment ai-je pu me tromper à ce point ? Comment ai-je pu être aussi aveugle ? Aussi idiote ? La douleur et la colère s'emparent de moi et me font suffoquer. Pourquoi fait-il tout ça ? Pourquoi me confier le médaillon de sa mère et me dévoiler un peu de ses secrets pour obtenir ma confiance ? Là, on ne parle plus de simple manipulation pour arriver à ses fins : c'est carrément de la perversion !

J'ai le tournis en prenant conscience de ce que cette vidéo implique : l'Ombre est à l'origine du kidnapping de mon père. Il m'a menti et trahie de la pire des façons.

Les larmes me montent aux yeux mais je les ravale, serre les poings sur mes genoux et crispe tellement la mâchoire que je me fais mal. Juste au moment où je commençais à baisser la garde, il faut que l'évidence me frappe de plein fouet : j'ai fait fausse route sur toute la ligne. Martial se fiche pas mal de me faire souffrir, du moment qu'il atteint ses objectifs.

– Hé, Keyah, ne t'en fais pas, me rassure Rafael en passant une main dans mon dos. C'est fini. Ils ont retrouvé ton père. Ils sont déjà en route pour le libérer. Tout va bien se passer. Ils savent ce qu'ils font.

Je hoche la tête, désemparée. J'ai l'impression de manquer d'air. Tout se mélange dans ma tête. Trop d'émotions contraires. Elles affluent dans tous les sens, si bien que je n'arrive plus à les gérer.

Mon meilleur ami essuie une larme sur ma joue. Je pleure sans même m'en rendre compte.

Noyée par mon agitation intérieure, l'heure qui suit me paraît se dérouler comme dans un rêve. Les voix et les bruits de la pièce me parviennent à distance. Ce n'est que quand Stella et Rafael me prennent tout à tour dans leurs bras, euphoriques, et me secouent sur ma chaise de fortune que je reprends pleinement mes moyens.

C'est fait. Mon père est libéré. Il est sain et sauf.

Comme une part de moi refuse d'y croire, Fabrice vient lui-même me montrer les images d'une caméra embarquée par ses agents de terrain et je le vois à l'écran. Il semble bien portant. Souriant, même. Il ne peut pas me voir ni m'entendre mais il est là, bien vivant.

– Mon Dieu, papa ! J'ai eu tellement peur ! J'ai cru que je n'allais jamais te retrouver. Mais tu as l'air d'aller bien.

Fabrice acquiesce, laissant pour la première fois de la journée apparaître un léger sourire.

– Il a été bien traité. Mes collègues sur place me l'ont confirmé. Il va très bien.

Je suis tellement soulagée que j'oublie l'espace d'un instant la trahison de Martial pour goûter au bonheur de savoir mon père hors de danger. Un énorme poids vient d'être ôté de mes épaules.

– Fabrice, s'il te plaît, laisse-moi lui parler !

Il me tend déjà un téléphone mais précise :

– Ne t'attarde pas trop longtemps, s'il te plaît. On doit encore l'emmener à l'hôpital avant de prendre sa déposition, et la garde à vue des gars ne durera pas éternellement. Tu auras tout le temps de le retrouver après ça.

J'acquiesce et colle déjà le téléphone contre mon oreille. À l'autre bout de l'appareil, l'agent de terrain prête son portable à mon père :

– Keyah ?

Entendre le son de sa voix termine de rendre son sauvetage concret. J'étouffe un sanglot alors que toute la tension accumulée ces derniers jours se relâche.

– Tout va bien, ma chérie. Je t'assure. Il n'y a pas de raisons de s'inquiéter. Je suis en pleine forme !

Je le sens à deux doigts de me dire qu'il se pense capable de courir un marathon et je m'amuse :

– D'accord, papa. Je te crois. On se voit très vite. Je t'aime.

Je rends le portable à Fabrice, le cœur soudain beaucoup plus apaisé par la voix rassurante de mon père.

En quittant le commissariat, escortée de Stella et Rafael, j'ai déjà les idées plus claires et les larmes laissent place à une colère sourde. Mes ennuis ne sont pas terminés. D'ailleurs, dans le hall, je reçois un message de Martial. Il me donne ses dernières instructions pour le cambriolage de cette nuit.

Oh ! Il ignore donc la libération de mon père ? Soit il est bien trop occupé par la préparation du casse de sa vie pour s'intéresser au sort de mon père qu'il pense bien caché. Soit il demande des nouvelles à intervalles réguliers à Mirot mais, ce dernier venant d'être arrêté, il ne peut plus savoir ce qui se passe au hangar. Dans tous les cas, il ignore logiquement que l'objet de son chantage n'existe plus.

J'ai une dernière carte à jouer !

– Bon, on va boire un verre pour fêter ça ? s'extasie Rafael.

Je l'arrête dans son élan.

– Il est encore trop tôt pour ça. Le deuxième type sur la vidéo, celui qui était de dos, c'était Martial.

J'anticipe la question de Rafael qui ouvre déjà la bouche :

– Oui, j'en suis certaine !

Rafael reste estomaqué, le temps d'assimiler la révélation, puis pointe le bâtiment derrière lui.

– Keyah, qu'est-ce que tu attends pour aller le balancer à nos nouveaux meilleurs copains ?

Je secoue la tête.

– J'ai une bien meilleure idée…

– Oh, oh, je reconnais cette étincelle dans tes yeux, s'inquiète-t-il.

– Cette nuit, on va saboter son coup !

Alors que je souris déjà de mon effet sous le regard jubilatoire de Rafael, Stella m'interrompt.

– Euh, les amis, c'est qui, Martial ?

Oh bordel, faut vraiment tout lui expliquer !

# CHAPITRE 25
# BALENCIAGA

Je vais faire ce qu'il me demande. Une dernière fois : être sa complice, obéir à ses ordres et me retenir pour ne pas lui arracher la tête avec ma grue. Je crois que ce dernier point sera le plus dur !

Je prends une profonde inspiration. Je vais assurer. Après tout, me revoilà dans mon élément : jouer la comédie, c'est ce que je fais tout le temps dans mes activités de pickpocket. Je joue les innocentes, les femmes bien trop sophistiquées pour s'adonner à ce genre de délinquance, les idiotes écervelées ou les intellectuelles selon les besoins du moment. Je peux faire semblant de me passionner pour la poésie de la Renaissance ou pour les derniers potins de la jet-set. Je suis un caméléon.

En arrivant sur les lieux, je vérifie mon portable. Stella et Rafael m'ont envoyé un message pour me confirmer qu'ils sont sur place. « RAS », a précisé Rafael. Ils n'ont donc pas croisé Martial. Tant mieux. Cela dit, j'ai encore peur qu'il découvre que mon père a été libéré et qu'il ne vienne pas, ce qui ferait tomber ma vengeance à l'eau.

Cependant, je n'ai pas à m'inquiéter longtemps. Sa voiture est déjà en approche. Il était bien trop occupé à préparer ce vol pour se soucier de ce détail que représente mon père dans son plan. Bien trop sûr de lui, aussi. Je suis certaine que la possibilité que je découvre la supercherie et que la police intervienne ne l'a jamais effleuré. Il se croit plus malin que tout le monde. Invincible.

Il descend de voiture, tout de noir vêtu lui aussi. Pendant qu'il scrute les environs, sérieux et concentré, je rassemble mon self-control dans une grande inspiration et m'avance jusqu'à lui.

Comment en suis-je arrivée là en à peine trois semaines ? On est samedi soir, je devrais être à la soirée d'inauguration du Red Velvet en robe moulante et talons hauts, à m'assurer que les petits fours soient bien servis, que le champagne soit frais, que les serveurs aient une présentation irréprochable et en train de repérer quelques jolies montres, des colliers en or et des grosses pierres sur les bagues.

Martial a le regard noir et les cheveux en pagaille. Il tient une cagoule à la main. Il a dû l'essayer puis l'enlever avant de venir à ma rencontre. Je retiens un gloussement. C'est ridicule.

Il me balance froidement :

– T'es prête ?

OK. Il veut la jouer comme ça ? Pas de : « Tu es très en beauté ce soir, Keyah ? » Très bien ! Ce sera d'autant plus facile pour moi de jouer la comédie, d'imiter son humeur, d'accorder mes répliques avec les siennes et de me fondre dans l'ambiance s'il conserve cette attitude glaciale.

Il n'arrête pas de jeter des coups d'œil à son portable. Je devine pourquoi il est aussi nerveux, en plus de l'excitation du cambriolage. Mirot ne lui donne plus de nouvelles. Il commence à se demander ce qui se passe. Sa tronche de déterré me fait jubiler.

– Et toi ?

Pour toute réponse, il me tend un talkie.

– Tu me préviens quand t'es arrivée en haut dans la cabine de pilotage ?

– OK.

– Une fois que tu auras bien positionné la grue, il faudra que tu redescendes, que tu montes sur le toit pour l'accrocher au câble avant de remonter une dernière fois sur la grue, OK ?

– Rappelle-moi à quoi tu sers, déjà ?

Merde. C'est sorti tout seul.

Je souris pour essayer de mieux faire passer ma réplique acerbe. Il plisse les yeux en me scrutant, l'air de se demander ce qui me prend.

– Moi, je m'occupe de neutraliser les agents et le système de sécurité, de préparer les colis depuis le hangar pour que tu puisses les attraper et d'assurer tes arrières. Ça te va ou tu veux qu'on revoie tout le plan qu'on a préparé depuis des jours, là, tout de suite, dans le froid, dans la nuit, et sur le lieu du crime ?

Houlà ! Depuis quand est-il aussi susceptible ? J'hallucine ! C'est moi qui devrais être en train de le remettre à sa place ! Pas le contraire !

– Ça me va, tranché-je. Qu'on en finisse, et vite.

Nous nous mettons en action, chacun de notre côté. L'escalade de la grue m'empêche de trop penser. Pour être exacte, ça m'empêche de penser à autre chose que mes cuisses en feu dans mon pantalon cargo Balenciaga. Heureusement, Stella m'a prêté des baskets. Quand même plus pratique que les talons pour mon activité actuelle, même si elles ne s'accordent pas avec ma tenue.

Les premières étapes du cambriolage se passent plutôt bien. Je fais tourner la flèche jusqu'à me positionner au-dessus de l'entrepôt, puis je redescends. Par la suite, je grimpe sur le toit et accroche le câble à un puissant aimant que j'ai fixé sur la tôle.

Alors que je remonte vers la grue et jette un coup d'œil à mon téléphone pour vérifier que Rafael est toujours en place, mon talkie grésille dans ma poche.

– Tu me prends pour un con, c'est ça ? résonne la voix glaciale de Martial.

Euh… oui : je le prends surtout pour un manipulateur dénué de toute valeur morale, mais ce n'est pas le sujet. Je plisse le front, pas certaine de comprendre. De quoi parle-t-il ?

Avant que je ne demande, il précise :

– J'ai laissé des caméras dehors. Je te vois regarder ton portable depuis tout à l'heure !

Un vent de panique me gagne. Je l'ai sous-estimé. Encore. Bien évidemment qu'il ne va pas me faire confiance, il m'a manipulée pour en arriver là.

Je tente de ne pas laisser mon tremblement percer dans ma voix quand je réponds, amère :

– Et alors ? On n'est pas au collège et t'es pas le principal à ce que je sache, si ?

De longues secondes passent avant que sa voix ne résonne.

– Qu'est-ce que tu fais dessus ?

*J'échange avec mes deux acolytes qui sont en train de contrecarrer tes plans, connard !*

Je suis soudain frappée par la réalité et surtout, par le danger que j'encours. Et que je fais encourir à Stella et à Rafael, qui plus est ! C'est de la folie !

Subitement, je me mets à douter de la fiabilité de notre plan. Depuis le début, Martial a toujours un coup d'avance. Ne pourrait-il pas deviner ce que je prépare ? Et comment réagira-t-il s'il s'en aperçoit avant que nous ayons tout mis en place ? Bien sûr, il sera fou de rage ! Je ne crois pas qu'il puisse faire usage de la violence. Si l'Ombre a la sympathie d'une partie des médias et du public, c'est bien parce qu'il n'utilise jamais d'armes d'aucune sorte et ne fait jamais de blessés graves lors de ses casses. Cela dit, c'est la première fois, à ma connaissance, qu'il est impliqué de manière si personnelle dans un vol. Forcément, ça change la donne ! Après tout, il a bien kidnappé mon père !

Pourtant, même s'il a prouvé qu'il n'était pas un homme bien, une part de moi refuse encore d'imaginer le pire. Je veux croire que je ne me suis pas totalement trompée sur sa personne, qu'il y a au moins un peu de vrai dans l'image que j'avais de lui. Bref, il est trop tard pour se poser des questions.

*Impossible de reculer à ce stade, c'était avant que tu aurais dû y réfléchir, Keyah !*

– Tu te rends bien compte que t'es complice ? continue-t-il face à mon silence. Tu crois que les flics te ficheront la paix aussi facilement ? Tu rêves ! C'est moi qu'ils veulent, mais ils se feront un plaisir de t'avoir en bonus. Et qu'est-ce que tu deviendras ? Moi, je m'en sortirai, comme toujours, mais si tu me balances, compte pas sur moi pour venir à ton secours quand ils viendront pour toi !

Sa voix n'a jamais été aussi menaçante. Il n'y a plus rien de charmeur, plus de jeu de séduction, plus de complicité. L'image que j'avais de lui s'effrite pour révéler une facette plus sombre et impitoyable qui me fait froid dans le dos. Je découvre la véritable nature de Martial, celle d'un homme prêt à tout pour atteindre ses objectifs, même au détriment de ceux qui lui sont proches.

– Les flics ? bredouillé-je, déstabilisée. Je suis pas en train de prévenir les flics, Martial. Qu'est-ce que tu crois ? Que je leur ai envoyé notre géolocalisation dans un message en leur suppliant de venir m'arrêter ?!

– Et tu n'étais pas non plus au commissariat hier matin, je présume ?

Évidemment. S'il a une caméra ici, pas étonnant qu'il m'espionne le reste du temps. À croire que c'est un miracle qu'il ne sache pas encore pour l'arrestation de Mirot.

– Je te rappelle que mon père a été kidnappé, Martial. Tu n'es pas le seul à avoir des amis dans la police, et je n'allais pas rester sans rien faire pendant que les ordures qui ont fait ça se la coulent douce ! Et figure-toi que cet ami pense avoir identifié les ravisseurs et essaie de retrouver l'endroit où ils gardent mon père prisonnier.

J'attends, impatiente, la moindre réaction. J'espère entendre sa voix passer de la panique à la peur. J'espère le faire flancher. Rien. Juste le silence.

Pourquoi une part de moi s'obstine à espérer qu'il reconnaisse son implication ? Il serait idiot de se mettre à table maintenant et honnêtement, ça n'effacerait pas les horreurs qu'il a faites. Pourtant, j'ai besoin de savoir que je ne me suis pas complètement et éperdument trompée sur lui. J'ai besoin d'entrevoir de nouveau cette petite pointe d'humanité…

*Allez, s'il te plaît, Martial. En souvenir de tout ce qu'on a partagé tous les deux, est-ce que tu peux me dire quelque chose d'honnête ? Montre au moins que ce que je te dis te fait quelque chose, que tu n'es pas complètement indifférent à mon sort et à celui de mon père...*

Après une pause qui me semble durer une éternité, il déclare :

– Tu aurais dû m'en parler.

Mes nerfs éclatent et je me retrouve à hurler dans la nuit sur un foutu talkie-walkie :

– J'aurais dû t'en parler ?! Tu entends ce que tu dis ? Parce que tu me parles, toi, peut-être ?! Comment oses-tu me sortir un truc pareil ? Tu voudrais que je te fasse confiance peut-être ? Alors que tu me suis partout sans arrêt à mon insu, que tu me mens à longueur de temps, que tu me manipules sans cesse !

Ma voix se brise.

Il reste muet. J'aimerais que mes propos aient un impact sur lui, qu'ils l'amènent à se remettre en question. C'est un espoir vain. Tout ce qui l'intéresse, c'est voler le contenu de cet entrepôt. Voilà tout ce qui compte pour lui.

Bien. J'ai hâte d'en finir. De me venger. Et de tourner enfin la page « Martial ».

– C'est bon. On peut y retourner maintenant ? grésille la voix impatiente de l'Ombre.

Je ne prends même pas la peine de lui répondre. Je range le talkie dans la poche avant de mon pantalon et je retourne dans la cabine de pilotage.

***

Déplacer le toit avec cet engin s'avère étonnamment plus facile que prévu. Je manœuvre la grue avec une agilité qui me déconcerte moi-même. Certes, mon expérience de pickpocket me donne une certaine dextérité, mais je dois aussi cette réussite à la puissance de l'aimant qui tient solidement la tôle.

Tandis que le câble tourne, j'observe la scène en contrebas. Martial s'active à l'intérieur de l'entrepôt, concentré sur le rassemblement des œuvres d'art. Plusieurs corps d'hommes gisent sur le sol. Comme je ne vois pas de sang, j'en conclus que le gaz qu'il avait préparé a eu l'effet escompté.

Pour Martial, tout se passe comme prévu. C'est donc le moment idéal pour donner le signal à Rafael et Stella. Dès que mon message est envoyé, je descends l'échelle de la cabine et croise Stella en bas qui remonte à ma place. On échange à peine un regard mais j'ai le temps de percevoir l'excitation dans ses yeux.

– Amuse-toi bien, lui lancé-je depuis le sol alors qu'elle grimpe tel un chimpanzé.

– Compte sur moi !

Deuxième étape : me faufiler discrètement dans l'entrepôt.

Alors que je cours vers l'entrée, mon talkie grésille.

– Tout va bien là-haut ?

Mon cœur rate un battement, mais je ne perçois pas de suspicion dans sa voix. Il croit toujours que c'est moi dans la cabine. Stella porte la même tenue sombre que moi, elle a la même casquette et une perruque brune. À cette distance et avec un seul coup d'œil furtif, Martial ne peut pas déceler la supercherie.

– Oui, réponds-je, d'une voix calme. Tout se déroule à la perfection. Je crois qu'on a presque fini, non ?

– Courage, Keyah. C'est la dernière ligne droite.

Sa voix chaude, presque encourageante, me donne le tournis. Il a combien de personnalités au juste ?

Pas le temps de tergiverser, je baisse le son du talkie au minimum et me faufile par l'entrée principale. La porte est entrouverte. Je dois juste enjamber cinq types, tous inconscients, qui gisent sur le sol dans des positions diverses. Leurs holsters ont été arrachés et leurs poches retournées, signe que Martial a fait main basse sur leurs portables et leurs armes. L'un d'eux, allongé sur le côté, a une belle bosse sur la tête, sans doute le résultat d'unechute brutale. Les autres, étendus sur le ventre, ronflent presque, le visage paisible. Je détache mon regard de cette scène étrange, presque irréelle, et avance avec empressement comme s'ils pouvaient se réveiller d'un instant à l'autre, même si Martial m'a assuré qu'ils roupilleraient durant plusieurs heures.

Une fois dans la pièce principale, je suis frappée par l'immensité de l'entrepôt d'Interpol, où les précieuses œuvres d'art en transit attendent leur sort. Depuis la grue, l'intérieur ne me paraissait pas aussi vaste.

J'avise les nombreuses œuvres encore présentes. Les précieuses pièces sont enveloppées avec soin dans du papier de soie ou du film plastique pour éviter qu'elles ne prennent la poussière et se détériorent. Les plus fragiles sont mêmes exposées derrière des vitrines en verre sécurisé. D'autres sont rangées dans des caissons robustes. Chaque œuvre est minutieusement étiquetée. L'entrepôt est organisé par catégories. Ainsi, je repère le rayonnage destiné aux tableaux juste sur ma droite qui fait face à celui des sculptures. Si j'en crois les étiquettes, les œuvres sont rangées par ordre alphabétique, genre artistique et période historique. J'imagine que c'est pour aider le personnel à localiser les œuvres, mais cette nuit, ça sert surtout à faciliter notre plan.

Je repère justement Martial qui s'affaire dans le fond de la pièce. Il tient un tout petit objet dans ses mains et je note que ce dernier n'est pas emballé comme le sont les autres œuvres. Intriguée, je plisse les yeux. Martial dépose ce qui ressemble à une petite voiture de collection rouge, bien en évidence, sur une pile de caissons, à hauteur d'yeux.

Qu'est-ce qu'il fabrique ?

Peu importe, je dois rester concentrée sur ma propre mission. Martial reste pour l'instant inconscient de ma présence derrière lui.

Je détache alors le médaillon qu'il m'a confié de mon cou avant de porter un regard dégoûté dessus. Est-ce qu'il a vraiment appartenu à sa mère ? Est-ce que tout était faux ou bien a-t-il utilisé une histoire vraie pour me manipuler ? Qu'est-ce qui serait le pire : qu'il n'ait aucun respect pour le souvenir de sa mère ou bien qu'il soit capable d'utiliser un objet chargé d'une telle valeur émotionnelle pour me tromper ? Dans tous les cas, je ne suis pas fâchée de lui rendre le bijou. Je suis même pressée de m'en débarrasser. J'ai l'impression qu'il me brûle les mains.

Je dépose le médaillon sur le boîtier de l'alarme, sur ma gauche, que Martial a pris soin de neutraliser. C'est marrant, il a dû pirater le système informatique, le duper et mettre un virus extrêmement puissant pour le désactiver, mais je ne vais avoir besoin que d'un bouton pour le rallumer. La vie est bien faite, quand même !

– Je te dirais bien que je suis désolée, mais on sait tous les deux que tu le mérites, crié-je.

Ma voix résonne en écho dans cette grande salle, même sans le toit pour étouffer le son. Une brise glaciale me parvient d'ailleurs alors que Martial relève la tête. Je voulais qu'il voie la détermination dans mes yeux avant d'agir. Surtout, je voulais pouvoir lire la défaite sur son visage quand il comprendrait ce que je m'apprête à faire.

Ainsi, je savoure l'expression de surprise qui déforme ses traits. Par réflexe, Martial jette un coup d'œil en l'air, vers la grue, puis il me regarde à nouveau, déboussolé. La seconde suivante, il fronce les sourcils. Je ne lui laisse pas le temps de me confronter, d'accourir vers moi ou même de sortir une arme.

Je tire sur le levier et active l'alarme d'urgence.

Un signal strident déchire le silence de la nuit. Martial, stupéfait, perd un instant à essayer de comprendre, puis s'élance vers la sortie. J'en fais autant et, avec une longueur d'avance sur lui, je passe sous les grilles de sécurité que le système abaisse à chaque entrée.

Essoufflée, je parviens à atteindre l'extérieur en sentant la dernière grille me frôler de près. Voilà, le complexe entier vient d'être verrouillé et Martial, lui, n'a eu aucune chance d'atteindre une sortie à temps.

Il est condamné.

Il n'a aucune issue terrestre et je le vois mal s'enfuir par le toit avec son vertige. Il est fichu.

– Allez, Keyah ! On ne doit pas rester là !

Je sens la pression qu'exerce Rafael sur mon bras, mais je peine à ordonner à mes pieds de bouger. Est-ce que j'ai fait le bon choix ? Et s'il trouvait un moyen de me le faire payer depuis la prison, à moi ou à ma famille ?

– Il ne peut pas sortir ! Vite, tirons-nous d'ici ! me presse encore Rafael.

Il a raison. Il n'est plus l'heure de tergiverser ou de savourer ma vengeance. Les flics arrivent et ils ne doivent pas nous trouver ici. On rejoint Stella qui finit de descendre de l'échelle de la grue et, ensemble, nous nous enfuyons dans la nuit. Nous courons jusqu'à ma voiture, garée à quelques mètres de là, d'où Rafael a fait le guet avant de nous rejoindre. Les clés sont déjà dans sa main, prêtes à être insérées dans le contact. Je saute dans le véhicule, le cœur battant la chamade, et il démarre en trombe. Les pneus crissent sur le bitume alors que nous nous éloignons à toute vitesse de l'entrepôt.

J'entends déjà au loin les sirènes de police. Je sais que Martial n'aura pas le temps de trouver un plan de secours. C'est fini.

J'ai gagné.

Je ferme les yeux et me repasse l'image de Martial, condamné dans cet entrepôt. J'espère ainsi pouvoir tirer un trait sur notre histoire, prendre conscience qu'elle est terminée. Définitivement terminée. J'éprouve un bref sentiment de pitié en repensant à son expression stupéfaite. J'ai lu le sentiment de trahison dans ses yeux. Je ressens encore sa douleur, parce que j'ai éprouvé exactement la même chose quand j'ai appris son implication dans l'enlèvement de mon père.

Il a bien mérité ce qui lui arrive. Je m'en convaincs une dernière fois. Pourtant, mon niveau de satisfaction à l'idée de m'être vengée et définitivement débarrassée de lui est un cran au-dessous de ce que j'espérais.

## CHAPITRE 26
## BURBERRY

Pour fêter dignement nos retrouvailles, j'ai emmené mon père dans un des meilleurs restaurants de la ville. Pour avoir une table, j'ai dû me faufiler derrière le comptoir pour remplacer un nom par le mien sur le cahier des réservations.

Entre deux bouchées de canard, mon père ne cesse de me rassurer sur sa condition physique.

– Ils m'ont très bien traité, je te le promets !

À l'entendre, il a été accueilli dans une auberge. Cela dit, c'est vrai qu'il n'a pas l'air amaigri et que les traces de sévices qui subsistent encore sur son visage datent, à mon avis, de la première fois que ces types lui sont tombés dessus en guise d'avertissement.

Il mange avec appétit et ça fait plaisir à voir.

– Ça me change des kebabs et des pizzas à emporter. À la longue, je n'en pouvais plus !

Je souris. En effet, il ne paraît pas avoir perdu de poids durant la séquestration. La veste de costume Burberry à 830 euros que je lui ai fait enfiler lui va d'ailleurs comme un gant. Ce restaurant est du genre « tenue correcte exigée » et le style « tout juste sorti d'une prise d'otages » n'est pas encore à la mode, je ne lui ai donc pas laissé le choix.

– J'ai hâte de regoûter aux petits plats de Yasmine, reprend mon père. Elle qui ne supportait pas que je mange ces cochonneries, elle sera contente d'apprendre que j'en suis dégoûté à vie !

D'un coup, je m'aperçois qu'à aucun moment je ne me suis inquiétée pour elle.

– La pauvre ! Elle a dû avoir tellement peur !

– Oh, non, ne t'inquiète pas, elle n'est pas au courant pour le kidnapping. Je lui ai fait croire que j'étais en voyage.

Alors que je le dévisage, stupéfaite, il m'explique :

– Les ravisseurs ne souhaitaient pas qu'elle prévienne la police alors ils m'ont laissé lui écrire un message tous les soirs. J'ai tellement hâte de la retrouver !

Un profond sentiment de honte m'envahit. Pas une seule seconde je ne me suis demandé ce que pourrait ressentir Yasmine si mon père disparaissait. Je ne savais pas qu'elle recevait des nouvelles de lui régulièrement. J'aurais dû l'appeler, me soucier d'elle. Ça aurait dû être évident que je n'étais pas la seule à m'inquiéter pour lui et qu'il comptait aussi pour sa compagne. Pourtant, cette idée ne m'a jamais traversé l'esprit. Je n'ai pensé qu'à moi, qu'à *ma* douleur, *ma* souffrance, *mon* angoisse comme s'il m'appartenait, à *moi* et à personne d'autre.

Si ma mère avait encore été là, je me serais tout de suite mise à sa place. Mais je n'ai pas accordé une seule pensée à Yasmine. Même si elle n'aspire qu'à m'accueillir à bras ouverts, je l'évite. Je repousse ses élans maternels comme une gamine ingrate et capricieuse qui dirait « tu n'es pas maman ». Et pour la première fois, je vois concrètement les répercussions de mon attitude sur mon père.

Je ne peux qu'admettre, à la manière dont il ne fait que parler d'elle depuis le début du repas, à la façon dont ses yeux s'illuminent dès qu'il est question d'elle, à son insistance à regarder son portable, à son désir de manger vite, qu'il n'a qu'une seule envie : la rejoindre le plus vite possible. Au lieu de ça, je l'ai accaparé dès sa sortie du commissariat comme s'il était ma propriété. Je l'ai amené ici sans lui laisser le choix, sans même proposer à Yasmine de se joindre à nous.

Je sais que j'ai souvent reproché à Yasmine de ne pas se rendre compte des problèmes de jeu de mon père. J'étais persuadée que son aveuglement ne pouvait être que la preuve de son manque d'amour. Mais aujourd'hui, je suis bien placée pour savoir qu'on peut se faire berner par quelqu'un dont on se sent proche. Quand on pense trouver une alchimie avec une personne, on a envie de croire tout ce qu'elle nous dit.

Ma relation désastreuse avec Martial m'aura au moins permis de découvrir que je ne suis pas si différente de Yasmine. Je ne peux pas lui en vouloir pour les mensonges et les mauvaises décisions de mon père. Pourquoi est-il si facile pour moi de pardonner à mon père et pas à Yasmine ? Ce n'est pas juste. Il est temps que je change. Pour moi. Pour Yasmine. Pour mon père.

Les larmes me montent aux yeux en constatant que je n'ai pas été à la hauteur avec lui.

– Qu'est-ce qui t'arrive ma chérie ? remarque immédiatement mon père. C'est à cause de la manucure de la serveuse ?

Je renifle et glousse en même temps. C'est vrai que j'ai critiqué ce vernis écaillé immonde. Poser ses doigts sur une assiette peinte à la main avec des ongles pareils, c'est un sacrilège !

– Non, ça n'a rien à voir. J'étais en train de me dire que tu devrais aller retrouver Yasmine.

Un éclair de joie passe sur son visage et, malgré moi, je ressens une pointe de jalousie. Il le perçoit presque aussitôt et se rembrunit.

– J'irai après. Pour le moment, je profite de ce repas avec ma fille.

En réalité, je ne suis pas si certaine qu'il apprécie vraiment chaque détail de ce moment. J'ai cru que cet endroit serait idéal, qu'il fallait un restaurant digne de ce nom pour marquer le coup. Le top du top. Mais je me rends compte que ce n'est pas le truc de mon père. Il a l'air engoncé dans sa veste de costume et il est mal à l'aise dès qu'un serveur au col amidonné vient lui resservir du vin.

– Non, papa, j'insiste. Yasmine doit avoir hâte de te retrouver aussi. Et puis, tu n'as jamais été très dessert, de toute façon. Va la rejoindre et embrasse-la pour moi, d'accord ? La prochaine fois, c'est moi qui viendrai vous rendre visite et vous choisirez le lieu si vous voulez qu'on sorte.

*Mais qu'est-ce que je raconte ?* Lancée dans un élan de sensiblerie écœurante, je suis sûrement en train de promettre quelque chose que je vais regretter. Ils ne seraient quand même pas capables de m'inviter au fast-food, si ? Tant pis. C'est dit. Trop tard pour reculer. Et le regard tendre et plein de reconnaissance de mon père en retour vaut – presque – la peine de prendre ce risque.

– Tu es sûre ?

Je hoche vigoureusement la tête.

– Très bien, bon, je vais y aller, alors. Merci pour le repas, ma chérie, et pour tout ce que tu as fait pour me sortir du pétrin ! Si je peux faire quelque chose pour te remercier…

Je suis touchée, mais balaie ses remerciements d'un geste de la main.

– Tu n'as pas besoin de me remercier. Tu es mon père.

Il se lève de table et ajoute, un peu penaud :

– Je suis vraiment désolé de leur avoir dit que c'était toi, l'Ombre. Quand ils nous ont suivis jusqu'à la péniche, je pensais réussir à leur faire peur. Et puis je me suis dit qu'au moins, ils seraient rassurés de savoir que ma fille avait de l'argent pour rembourser mes dettes. Je n'ai pas imaginé qu'en apprenant ça, ils changeraient leur plan et décideraient de m'enlever pour te faire chanter et exiger une énorme rançon.

Je n'ai pas envie de le faire culpabiliser, alors je souris et lui assure que ce n'est pas grave. On ne peut pas modifier le passé.

Il s'apprête à s'éloigner, mais je le retiens une dernière fois :

– Papa ? En fait, il y a bien un truc que tu pourrais faire. Si je t'avoue quelque chose maintenant, est-ce que tu peux me promettre de me croire sur parole ?

Le front plissé, il acquiesce solennellement.

– Ce n'est pas moi, l'Ombre.

Il me dévisage, silencieux, avant de finalement répondre :

– D'accord. Alors tu le salueras pour moi.

Il tourne les talons, court presque vers la sortie, mais surtout, me laisse seule avec un immense sentiment de vide.

Je ne pourrai pas saluer l'Ombre. Je ne le reverrai plus. Plus jamais.

Et c'est très bien comme ça.

## CHAPITRE 27

## MIU MIU

Yasmine, j'ai laissé papa avec toi
pour que vous puissiez profiter
de votre temps ensemble. Mais
j'espère que nous aurons l'occasion
de nous voir tous les trois
ou même toutes les deux d'ici peu.
On se parle bientôt.

Après avoir quitté mon père, j'ai envoyé ce message à Yasmine, tant que j'en avais encore le courage, puis je suis partie marcher au bord du canal.

Cette promenade me rappelle ma rencontre avec Martial. Mais aujourd'hui, tout est différent : le soleil, les passants, le bruit de la circulation… Je n'ai pas l'habitude de me balader ainsi. Encore moins seule. Mes talons ne sont pas adaptés au béton irrégulier du trottoir et je suis bien trop maquillée. Pour la lumière tamisée du restaurant, ma mise en beauté était parfaite, mais sous la luminosité crue du soleil, elle doit être trop voyante.

Les reflets de l'eau dansent, mais mon esprit est loin d'être aussi léger. Je dois réparer les erreurs que j'ai commises dans mes relations et il n'y a qu'une méthode qui caractérise vraiment Keyah Diaby…

Je rejoins alors le centre-ville et rentre directement dans la boutique Miu Miu. Les vitrines étincelantes présentent des créations élégantes. Je pousse la porte de la boutique et me laisse emporter par l'ambiance luxueuse qui me met immédiatement dans mon élément. Me voilà à la maison !

La vendeuse, d'une élégance impeccable, s'approche avec un sourire professionnel.

– Bonjour, mademoiselle. Comment puis-je vous aider aujourd'hui ?

Je souris en retour, un peu nerveuse, mais déterminée.

– Je cherche quelque chose de spécial pour ma belle-mère. Quelque chose d'élégant et d'intemporel.

C'est la première fois que je dis ce mot : « belle-mère ». Il me faudra du temps pour que ça me paraisse naturel. En attendant, la vendeuse n'y voit que du feu et acquiesce d'un signe de tête.

– Bien sûr, nous avons une belle collection ici. Des sacs à main, des accessoires, des bijoux. Quel style préférez-vous ?

Je prends le temps de choisir. Après tout, Yasmine porte rarement des marques, ça doit donc être quelque chose qui se fonde avec son style actuel. Après quelques instants, mes yeux se posent sur un sac à main en cuir agrémenté de quelques lanières.

Il ira parfaitement avec son style bohème, un peu décalé. Je me tourne vers la vendeuse.

– Je vais prendre celui-ci. Il sera parfait.

***

Juste au moment où j'arrive à proximité de ma Mercedes, je reçois un appel de Fabrice.

Je décroche avec le sourire.

– Comment se porte mon poulet préféré ?

Il ne m'aura pas avec son air ronchon. Il a eu beau dire qu'il n'a fait que son boulot quand je l'ai remercié, j'ai bien vu dans son regard que cette affaire était un peu plus personnelle que les autres pour lui. Cette histoire a renforcé nos liens, qu'il accepte de le reconnaître ou non !

– Écoute, Keyah, enchaîne-t-il directement sans même relever le joli surnom que je lui ai donné. Je sais que ce ne sont pas mes affaires, mais je voudrais te parler de quelque chose.

Sa voix grave me noue immédiatement l'estomac. Quoi, encore ?

– D'accord. Vas-y.

Je prends place dans ma voiture et ferme la portière derrière moi. Ainsi isolée, je sens le stress me gagner.

– Tu sais, les images de la vidéosurveillance devant le hangar ? Eh bien, le type en compagnie de Mirot, on a finalement réussi à l'identifier.

Je préfère ne rien dire et laisse Fabrice poursuivre ce qu'il croit être une révélation.

– Il s'agit de Martial Beaume. Celui qui t'a fait sortir de prison.

Comme s'il m'avait rendu un service à ce moment-là… La gorge nouée, je préfère m'abstenir de tout commentaire.

– Bien sûr, continue Fabrice, il n'a rien à voir avec le kidnapping de ton père. Mais nous pensons qu'il trafiquait un truc louche avec Mirot. Une histoire de blanchiment d'argent. C'était la spécialité de Mirot. On n'a pas de preuve suffisante pour l'arrêter, mais je me dis qu'il vaut mieux que tu saches à qui tu as affaire.

Je déglutis difficilement avant de demander, la voix tremblante :

– Comment ça, il n'a rien à voir avec le kidnapping de mon père ? Je veux dire, comment tu peux en être sûr ? Il était sur les lieux, devant le hangar et en pleine discussion avec Mirot !

– J'en suis sûr parce qu'on a visionné des heures de vidéos avant le kidnapping de ton père et qu'on a identifié tous les coupables et les personnes liées de près ou de loin à cette affaire-là. Ça n'a rien à voir. Les conversations de Martial avec Mirot sur son portable concernaient un tout autre délit. Je te l'ai dit : pour moi, il était question de blanchiment d'argent.

Je n'arrive pas à admettre cette révélation et ce qu'elle implique.

– Mais que faisait-il devant ce hangar où était détenu mon père, alors ? insisté-je.

Je crois que mon cœur s'affole beaucoup trop. Je le sens tambouriner dans ma poitrine alors que le sang quitte mon visage.

– Si Mirot est bien connu de nos services, tu te doutes bien que c'est parce que la demande de rançon n'était pas sa seule activité. On a, par exemple, pu l'arrêter aussi pour faux monnayage après la perquisition de l'entrepôt. J'imagine que faire venir ses contacts à cet entrepôt lui permettait de garder un œil sur tous ses business à la fois. On essaie de le cuisiner sur ses liens avec Beaume, mais pour l'instant, il ne crache pas le morceau.

Je n'arrive pas à croire ce que j'entends. C'est pour ça que Martial était tendu ? C'est pour ça qu'il attendait un appel de Mirot ? Parce qu'il devait l'aider à revendre quelques tableaux ?

– Keyah ? Tout va bien ? Écoute, même s'il n'est pas impliqué dans l'enlèvement, je voulais te prévenir que malgré son patronyme, Beaume n'est pas un enfant de chœur. Il t'a peut-être fait sortir de prison, mais n'en fais pas ton ami. Reste sur tes gardes. Bref, je ne vais pas me mêler de ce qui ne me regarde pas plus longtemps.

Submergée par la culpabilité, je ne peux que lâcher dans un souffle :

– Merci, Fabrice.

– Je voulais aussi te prévenir que toutes les personnes impliquées de près ou de loin dans l'enlèvement de ton père et son agression ont été identifiées et qu'elles seront bientôt déferrées. Je pense que ton père ne devrait pas avoir de problèmes, mais je lui ai conseillé de se tenir un peu éloigné du casino.

J'ai du mal à reprendre mes esprits, je bredouille :

– Oui, bien sûr.

– Et puis, il a aussi souscrit une autre dette, plus légale celle-là, et donc toujours à payer.

– Je sais. Je vais m'en occuper.

J'entends des cris joyeux d'enfants en arrière-plan et je m'aperçois que Fabrice m'appelle depuis son domicile. Il a dû prendre un congé bien mérité après toute cette affaire. Avec tous ces dossiers clôturés, je ne serais pas étonnée s'il décrochait une promotion !

Est-ce parce qu'il est en vacances qu'il n'a pas l'air au courant de ce qui s'est passé la nuit dernière ? Il aurait dû être informé de l'arrestation de Martial, non ? Il devrait même ne me parler que de ça et faire le lien entre mon « ami » et l'Ombre.

Comment… Je suis trop bouleversée pour cogiter !

– Encore merci, Fabrice. Je vais te laisser profiter de ta petite famille, pour une fois que tu peux passer un peu de temps avec eux.

Je jette mon portable sur le siège passager et m'affale contre le dossier en cuir de la place conducteur. Je ne démarre pas tout de suite. J'ai mal à la tête ! Et surtout, un immense sentiment de culpabilité m'assaille.

Est-ce que, encore une fois, je me suis trompée sur toute la ligne ? Comment ai-je pu imaginer que Martial pouvait être le commanditaire du kidnapping ? Il m'a manipulée, oui, au début, mais est-ce que ça veut dire qu'il a été sincère aussi ? Que nos discussions étaient réelles ?

Il doit se demander pourquoi je l'ai piégé pour le faire arrêter. Il n'est sans doute même pas au courant que mon père a été libéré… Que doit-il penser ? J'ai tellement de choses à lui expliquer. Mais je ne peux pas. Parce qu'à l'heure qu'il est, Martial est derrière les barreaux. À cause de moi.

Désespérée, je me résigne à faire ce que je m'étais justement promis de ne pas faire : je tape son nom sur Google. Je ne voulais pas savoir ce qu'il devenait. Je voulais le rayer de ma vie, définitivement, et ne plus jamais voir son visage, même en photo. Mais les choses viennent de basculer.

Rien.

Aucun article ne fait référence à lui. Aucune annonce d'arrestation.

Je dois chercher plus longtemps que prévu pour tomber sur un article qui traite du cambriolage. Le journal ne relate qu'un banal vol dans un entrepôt sur une zone industrielle. Après tout, il s'agissait d'une planque secrète d'Interpol, les retombées médiatiques allaient évidemment être limitées. Il n'y a pas de référence à l'Ombre, mais surtout…

« Aucun suspect n'a été interpellé. »

Incroyable ! Comment Martial a-t-il pu s'évader assez rapidement pour échapper à la police ?

Qu'importe, tout ce qui compte, c'est qu'il s'en soit sorti. Ça change tout ! Finalement, j'ai peut-être une chance de me rattraper, de le retrouver, de me justifier…

Seulement, je déchante très vite et lâche mon téléphone. Je n'ai aucun moyen de le contacter, aucune idée de l'endroit où je pourrais le trouver.

Est-ce qu'il est vraiment trop tard ? Est-ce qu'il ne saura jamais pourquoi je l'ai trahi ? Est-ce que je me demanderai toujours ce qu'il avait réellement prévu pour nous ? Est-ce qu'il aurait pu y avoir un après ? Un autre vol ? Un vrai *date* ?

J'ai besoin de savoir. Ça ne peut pas finir comme ça. Ce n'est pas une fin !

Mais comment faire sortir de l'ombre un homme qu'on a surnommé « l'Ombre » justement parce qu'il sait mieux que personne comment y rester ? On dirait l'énoncé d'un devoir de philosophie et je n'ai jamais brillé dans cette matière.

# CHAPITRE 28
# THIERRY MUGLER

Les jours et les semaines passent et Martial n'est nulle part. Il ne surgit pas de sa cachette chez moi quand je rentre au beau milieu de la nuit après le travail. Il ne me surprend pas dans ma voiture, pas plus que dans la rue ou aux soirées où je travaille.

Il n'est pas non plus dans les médias : ni à la radio, ni à la télé, ni dans la presse.

Je guette le moindre fait divers, le moindre vol, à l'affût d'une trace du passage de l'Ombre. C'est ridicule. Martial a réussi le coup de sa vie, il ne va pas se précipiter dans un musée quelques jours plus tard… Par ailleurs, s'il a bien signé le vol avec la statuette, comme prévu, Interpol doit être à ses trousses. Mieux vaut qu'il reste sous les radars.

M. Beaume, le père de Martial et directeur actuel d'Interpol, est le seul qui aurait pu dénoncer son fils. En plus de sa signature habituelle, Martial lui a laissé une preuve sans équivoque de son identité : une petite voiture. J'ignore quelle signification elle a pour eux, mais Martial m'a dit que le message serait clair. J'imagine que le directeur a cependant tout intérêt à garder l'identité du voleur secrète. Il aurait pu réagir autrement, en décrétant qu'il n'avait rien à voir avec son fils, qu'il méritait d'aller en prison et en fournissant la photo et donc le nom de son fils comme le principal suspect à toutes les chaînes d'information. Mais, à l'évidence, sa carrière et son orgueil sont plus importants que sa relation avec son fils. Martial le savait. C'est pour ça qu'il a pris le risque de lui révéler qu'il était l'Ombre. Celui que ses services traquaient sans relâche depuis des années. Et qu'ils n'ont sans doute pas fini de traquer…

Je me rends à l'évidence : je n'entendrai pas parler du nouveau vol de l'Ombre dans les mois à venir. Peut-être qu'il va définitivement raccrocher maintenant qu'il a accompli la mission de sa vie ? Cette idée me traverse, mais je n'y crois pas trop. Tout comme moi, Martial prend trop de plaisir à voler.

Ma vie a repris son cours, entre événements mondains, petits larcins et sorties avec mes amis. Pourtant, malgré l'effervescence de mon quotidien, je ne peux m'empêcher de ruminer cette histoire inachevée avec Martial. Je lui en veux pour ça, même si je n'en ai absolument pas le droit. Avant qu'il ne débarque dans ma vie, je me contentais parfaitement de ce que j'avais. Je ne m'ennuyais pas une seconde et fonçais tête baissée sans m'encombrer de sentiments paralysants. Aujourd'hui, tout paraît fade après son passage, même ma vie que je trouvais si palpitante. L'idée qu'à tout moment – même quand je ne le voudrais pas –, il soit derrière moi, quelque part tout près, vient à me manquer. Je crois qu'il m'a habituée, de force, à sa présence à côté de moi, à tout instant.

***

Une semaine après le cambriolage d'Interpol, Martial donne signe de vie. Il ne m'approche pas, mais une actualité tonitruante et relayée par tous les médias porte bien sa signature.

Je suis à la Lune Bohème lorsque j'apprends la nouvelle. Le client a organisé sa soirée dans un célèbre cabaret parisien. Malgré les enjeux commerciaux importants et les tenues plus chics que confortables, l'ambiance est décontractée. La revue de ce soir a été montée par Thierry Mugler. Avant de devenir grand couturier, il était danseur à l'Opéra du Rhin, puis il a joué et mis en scène des comédies musicales, créé des costumes pour *Émilie jolie* et même collaboré avec mon idole, Beyoncé, pour sa tournée mondiale. Je devrais être aux anges dans cette ambiance où le spectacle, les danseuses, les plumes et les paillettes apportent gaieté et bonne humeur mais depuis deux semaines, je n'ai pas tellement le cœur à la fête.

Absorbée par ma mission – et par le vol d'un bracelet Cartier composé d'au moins une vingtaine de diamants –, je ne m'aperçois pas tout de suite que la rumeur enfle dans la salle et se propage de table en table. Je m'apprête à décrocher la fermeture en or lorsque la dame en question s'exclame d'une voix beaucoup trop guindée pour être naturelle :

– Interpol est une agence trop occulte pour ne pas avoir des secrets cachés sous le tapis. Moi, je vous le dis, il ne faut pas s'en étonner.

J'en suis tellement déstabilisée que je m'éloigne et oublie complètement les diamants qui me tendaient les bras.

Rongée par la curiosité, alors que le mot « Interpol » semble pouvoir se lire sur les lèvres de chacun, j'abandonne mon poste et file vers les toilettes du cabaret, seule pièce de l'établissement qui a échappé aux plumes et aux paillettes. À peine entrée dans les sanitaires, où l'influence baroque est tout de même présente dans les robinetteries en laiton massif et les miroirs ovales à moulures dorées, je rallume mon téléphone. Le dos appuyé contre les lavabos arrondis noir et or, j'ouvre mon fil d'actualités et tombe immédiatement sur l'information du moment :

**Ernest Beaume, le directeur d'Interpol, en état d'arrestation**

Quoi ?!

L'article précise qu'on aurait retrouvé dans une de ses propriétés, de nombreuses œuvres d'art ne lui appartenant pas. Il a été placé en garde à vue et mis en accusation.

---

M. Beaume souffrait déjà d'une réputation sulfureuse en raison de plusieurs propos qualifiés de racistes et homophobes par certains de ses collaborateurs. Malgré ses relations privilégiées avec les hautes instances et sa renommée, il ne devrait pas pouvoir échapper à un jugement équitable. D'ailleurs, plusieurs de ses collègues ont déjà annoncé vouloir se désolidariser de celui qui est maintenant considéré comme un suspect très sérieux dans plusieurs affaires de vols d'œuvres d'art.

Pour sa défense, l'accusé aurait déclaré être victime d'un coup monté et ne pas avoir mis les pieds dans cette résidence secondaire depuis des mois. Peut-on encore le croire ?

---

Je prends la mesure de ce que je suis en train de lire. Martial ne s'est donc pas contenté de le voler, il voulait surtout le faire accuser du cambriolage.

Est-ce qu'il ne vient pas de détruire la vie d'un homme innocent ? Même si la justice le déclarait non coupable, sa réputation serait anéantie. Par ailleurs, il y a peu de chances qu'il réussisse à prouver son innocence. Je connais suffisamment Martial pour savoir qu'il a pensé à tout.

Si en plus d'être un homme violent et maltraitant envers sa famille, il était aussi raciste et homophobe comme le laisse penser ce journaliste, je ne devrais pas avoir la moindre empathie pour Ernest Beaume. Il n'empêche que quelque chose me gêne. Je ne pensais pas que la rancœur de Martial aurait pu l'amener jusque-là. Pourra-t-il vivre avec l'idée qu'il a fait mettre son père en prison ? Ne le regrettera-t-il pas un jour ou l'autre ? Et maintenant qu'il a accompli ce qui semblait être son obsession, que va-t-il devenir ? Que va-t-il faire ?

Plus égoïstement, je crois qu'une seule question m'importe vraiment… Qu'est-ce qui le retient encore ici ? La réponse est aussi cruelle qu'évidente : rien. Mes chances de le revoir s'évaporent complètement avec l'accomplissement de sa vengeance. En toute logique, il doit être loin maintenant.

Je sursaute quand Stella fait irruption dans les toilettes.

– Ça va ?

J'aimerais mentir, mais ma mine défaite parle à ma place. Je me sens trop accablée pour lui dire : « Bien sûr que ça va ! T'essaies de t'accorder une pause sur mon dos ? Retourne bosser ! » Non, maintenant que j'ai vu Stella en pleurs pour un loser prénommé Léonard, je sais qu'elle ne me jugera pas. Finalement, c'est une chic fille.

Du coup, je me laisse aller. Je ne pleure pas, même si j'ai du mascara waterproof, je ne m'épanche pas, mais je secoue la tête. Non, ça ne va pas…

– Oh.

Elle se racle la gorge, visiblement embarrassée. Je lui dirai un jour que ces bruits de bouche n'ont rien d'élégant. Mais le cours attendra. Je n'ai pas assez d'énergie, là, tout de suite.

– C'est Martial ?

J'acquiesce silencieusement. Comme je m'obstine à garder le silence, la pauvre – mais tenace – Stella est obligée de continuer à jouer aux devinettes :

– Tu culpabilises de l'avoir trahi, c'est ça ?

Je souris tristement et hausse les épaules.

– En fait, je ne sais pas. Oui, un peu. Mais, en même temps, j'avais toutes les raisons de croire qu'il me manipulait encore une fois et qu'il avait orchestré l'enlèvement de mon père. Je voudrais juste pouvoir lui expliquer…

– Toujours pas d'indices sur le lieu où il se trouve ?

– Aucun.

Elle soupire et ouvre le robinet pour se laver les mains. Dans le reflet du miroir, elle s'attarde sur mes cheveux volumineux que j'ai habilement rassemblés dans un chignon sophistiqué et d'où aucune mèche rebelle ne s'échappe. Elle relève la tête et déclare :

– Je ne comprends pas.

*Enfin, Stella, c'est quand même pas compliqué à comprendre !*

J'ai envie de lever les yeux au ciel mais elle ajoute :

– Je veux dire, depuis quand ça t'arrête ce genre de détails ? S'il y a bien quelqu'un capable d'imaginer n'importe quel plan pour se sortir de n'importe quelle situation, c'est toi ! Je t'ai vue cambrioler une chambre d'hôtel, piloter une grue, manipuler la police, et tu veux me faire croire que tu ne peux pas retrouver une personne que tu connais ?

– Ce coup-ci, ce n'est pas si simple…

Je m'apprête à lui rappeler que l'homme en question est passé maître dans l'art de disparaître mais elle me coupe :

– Ce n'est pas si simple ? Ou, au fond de toi, tu n'es pas si sûre d'avoir envie de le retrouver ?

Je plisse le front. Où veut-elle en venir ?

– Peut-être qu'inconsciemment, ça t'arrange bien de ne pas le revoir. D'échapper à la confrontation. De ne pas avoir à lui avouer tes sentiments. De ne pas prendre le risque que ça ne marche pas entre vous. De ne pas prendre le risque que ça marche…

Cette fois, c'est moi qui l'interromps :

– Minute ! Qui a fait de toi cette femme si sûre d'elle qu'elle se permet de m'analyser, de me critiquer et de me donner des conseils ? Rendez-moi la Stella d'avant !

La version d'elle qui me fait face se tient si droite qu'elle en paraît presque encore plus grande. Sa robe noire qui sculpte son corps menu contraste joliment avec sa peau diaphane. Elle sourit à ma comédie.

– Tu détournes l'attention. Mais tes trucs de pickpocket, ça ne marche pas avec moi. Réfléchis. Est-ce que je ne pourrais pas avoir un tout petit peu raison ? Est-ce que tu n'appréhenderais pas un peu trop vos retrouvailles ? Tu as peur d'être déçue ? Ou tu as peur de ne pas savoir dans quoi tu t'embarques si ça venait à être plus sérieux entre vous ? C'est quand, la dernière fois que tu as eu une vraie relation avec quelqu'un ?

OK. Il est temps de la remettre à sa place.

– Tu te trompes sur toute la ligne. Si j'espérais le revoir, c'est avant tout pour lui faire part de la pointe de culpabilité que je ressens pour l'avoir accusé à tort. Et même avant tout ça, pour lui reprocher d'avoir foutu le bordel dans ma vie !

Elle me regarde longuement avec un léger sourire.

– C'est vraiment dommage que tu ne puisses pas le voir, rétorque-t-elle d'un ton sarcastique. Lui aussi, il a sûrement envie de t'engueuler. *Avant tout.*

– Je ne vois pas pourquoi il m'engueulerait ! Tout est sa faute ! Je n'aurais jamais autant douté de lui s'il n'avait pas été si manipulateur, secret et fourbe !

– Donc tu ne redoutes absolument pas de te retrouver face à lui ?

– Non !

*Si.*

– Très bien. Alors, trouve-le. Ou débrouille-toi pour qu'il te trouve.

Un sourire insolent s'affiche sur son visage avant qu'elle ne passe la porte.

J'ai créé un monstre !

## CHAPITRE 29
## PATEK PHILIPPE

Stella a raison. Il faut que j'oblige Martial à venir à moi.

Dans les semaines qui suivent, je m'applique à tout mettre en œuvre pour obtenir ce que je veux.

Première étape : le vol.

C'est fou, le nombre de mecs qui exhibent leur montre sur les réseaux sociaux ! C'est fou, le nombre de mecs qui racontent ensuite toute leur vie sur ces mêmes réseaux, indiquant au monde entier leur localisation précise à tout moment de la journée, comme s'ils attendaient qu'une femme comme moi vienne les voler.

Toujours la même montre. Toujours le même modèle. La fameuse Patek Philippe que j'avais dérobée à Martial à la galerie où il m'a vue pour la première fois. Heureusement pour moi, ce modèle intemporel est plutôt répandu dans le monde du luxe. Il n'empêche que je dois faire de nombreux déplacements et prendre plus de risques que d'habitude !

Deuxième étape : le Petit Poucet.

De temps en temps, j'en apporte une dizaine dans le QG secret de Martial, c'est-à-dire dans le manoir des amis de son père où il m'avait fait entrer. À vrai dire, je ne crois pas qu'il y remettra les pieds de sitôt. Trop risqué. Et puis, il a fait ce qu'il avait à faire dans les environs… Mais au cas où, je préfère multiplier mes chances d'attirer son attention.

Hormis cette exception, je garde toutes les Patek Philippe que je vole dans mon appartement, si bien que j'ai de plus en plus l'impression de vivre dans une des boutiques de la marque.

Troisième étape : la renommée.

Je dois presque attendre un mois pour que mes efforts soient récompensés. L'histoire du voleur intéresse enfin les journalistes ! Oui, parce qu'une femme ne pourrait pas dérober des montres pour hommes… Pff, bande d'amateurs ! Enfin, je ne vais pas m'en plaindre, des articles fleurissent un peu partout et j'ai même le droit à ma minute de gloire à la télé.

Stella et Rafael ont enregistré le mini-reportage et on se le passe en boucle quand ils viennent boire un café chez moi.

Cette petite percée dans les médias signifie surtout qu'il faut que je me calme sur les vols ! Apparemment, l'enquête avance à grands pas et les autorités pensent même avoir trouvé comment je m'y prends pour dénicher mes futures victimes. Je ne peux pas risquer de me faire attraper.

De toute façon, j'en ai réuni suffisamment pour aller au bout de la dernière étape…

***

La nuit commence à tomber sur Paris. Des réverbères éclairent l'esplanade pavée du Trocadéro qui offre une vue panoramique sur la Tour Eiffel en face.

À l'ombre du Palais de Chaillot, Stella, Rafael et moi longeons discrètement le mur de la partie est. Dans mon sac, une centaine de montres Patek Philippe s'entrechoquent en cliquetant à chacun de mes pas.

Rafael, qui a acquis de l'expérience, repère la caméra de sécurité en un seul coup d'œil. Il titube jusqu'à elle, tel un ivrogne, et s'arrête devant en gesticulant de manière à obstruer la vue tout en lui tournant le dos.

À l'abri des regards indiscrets, Stella et moi choisissons une des statues de bronze qui ornent l'aile du Palais pour utiliser la partie vacante de son socle comme support. Je dépose artistiquement les montres sur le rebord tandis que Stella s'occupe du reste. Elle ajoute la statuette de l'Ombre au centre de mon œuvre, prend ensuite la pancarte et la place devant les montres :

Sers-toi !
#MontreLibre

J'espère que ce hashtag incitera les gens à partager leur expérience sur les réseaux sociaux. J'ai besoin que ça fasse du bruit !

***

Le lendemain, la réaction du public et des médias est encourageante, si bien que je décide d'accrocher l'un des articles sur mon frigidaire :

---

***L'As de la montre a le sens du spectacle !***

Celui qui semblait vouer une obsession au modèle iconique de la marque Patek Philippe a déposé presque toutes les montres dérobées (il en manquerait une dizaine selon la police) sur la place du Trocadéro. La réalisation, qui fait désormais le tour des réseaux sociaux, est accompagnée de la statuette de Rodin, devenue la signature de l'Ombre, un célèbre voleur d'œuvres d'art.

La police, qui recherche toujours activement le responsable, ne pense pas que l'Ombre et l'As de la montre soient une seule et même personne. Il s'agirait plus probablement d'un clin d'œil à un confrère, puisque l'Ombre a fait parler de lui cette année avec le vol de *L'Appartement de jalousie* au musée de l'Éclat moderne.

Cet acte audacieux a été salué par des réactions diverses et a suscité énormément de commentaires sur les réseaux sociaux mentionnant le hashtag #MontreLibre.

Tandis que les autorités intensifient leurs efforts pour identifier et appréhender l'As de la montre, beaucoup d'interrogations subsistent sur ses motivations.

---

Ce coup d'éclat sera-t-il suffisant pour faire sortir Martial de l'ombre ? Rien n'est moins sûr. En tout cas, la décision ne m'incombe pas et je déteste être passive !

## CHAPITRE 30
## DIOR

Nous fêtons la sortie d'une nouvelle collection en parfumerie, une collaboration entre le parfumeur de renom Francis Delorme et Dior. La soirée de lancement se déroule dans un bar moderne et chic avec rooftop et piscine, décoré d'une multitude d'aquariums avec des poissons exotiques de toutes les couleurs. Dans cette ambiance aquatique, ma robe sirène est parfaitement adaptée, non ?

Je déambule avec grâce parmi les invités pour distribuer des échantillons tout en respirant les fragrances enchanteresses des nouveaux parfums, quand mon attention se trouve subitement attirée par une silhouette familière à travers la foule.

Le voilà !

Je crois d'abord que mon cerveau me joue des tours. Est-ce que je le vois maintenant parce que je pensais justement à lui ? Non, quand je cligne des yeux, Martial est toujours là, à quelques tables derrière, légèrement sur ma droite. Son regard noir me transperce. Même assis, son charisme est évident.

Il a revêtu un costume élégant et coiffé ses cheveux en arrière, mettant en valeur ses traits anguleux.

– Tout va bien ?

La voix de Stella me ramène à la soirée. J'avise mon amie, les échantillons que je tiens encore dans mes mains et le regard sévère de ma patronne dans notre dos.

J'explique en souriant :

– J'étais hypnotisée par les poissons. Désolée.

Je ne veux pas lui dire qui je crois avoir aperçu avant d'en être certaine. Je garde mon calme en apparence, mais mon cœur se met à tambouriner dans ma poitrine et j'ai une conscience accrue d'un regard qui pèse sur moi.

C'est lui. J'en suis certaine, maintenant.

Je crois qu'il est seul mais je m'attends, plus ou moins, à ce qu'une jeune femme arrive à sa table et s'asseye face à lui. Après tout, ça fait des semaines qu'on ne s'est pas vus, c'est un séducteur – j'en sais quelque chose – et, le moins qu'on puisse dire, c'est qu'on ne s'est pas quittés en très bons termes. Pourtant, personne ne vient s'attabler avec lui. Tant mieux. Qu'est-ce qu'il fait ici ? Est-ce un hasard ? Bien sûr que non ! Je ne crois même pas que ce mot fasse partie de son vocabulaire.

*Voyons, Keyah, tu lui fais du pied devant la Terre entière et maintenant, tu t'étonnes que ça fonctionne ?!*

– … mise en vente ?

– Hein ? Quoi ?

Je m'aperçois qu'un homme attend maintenant devant moi. Il ne semble pas avoir remarqué mon trouble, parce qu'il est occupé à remettre en place un de ses boutons de manchettes. Oh belle pièce ! Cartier, argent massif et obsidienne… Au moins 700 euros.

*Keyah, concentre-toi ! Tu viens déjà de dire « Hein » devant un invité et maintenant, tu es incapable de répondre parce que tu n'as rien écouté ?!*

– Euh… Je ne sais pas trop…

C'est la pire soirée de ma vie !

– L'édition collector du parfum sera commercialisée dans trois semaines, dit alors Stella derrière moi avec un sourire charmeur.

Correction, si c'est Stella qui me sauve la mise, c'est maintenant que commence la pire soirée de ma vie ! Voilà, l'Ombre n'est pas revenu depuis deux minutes que tout part à nouveau en vrille ! Pourquoi je l'ai rappelé, déjà ?

Malgré moi, je glisse un coup d'œil sur la droite. Martial affiche son irrésistible sourire en coin. Mon malaise semble beaucoup l'amuser. Je dois me reprendre ! Il est hors de question que je lui donne des raisons de se moquer de moi ou d'imaginer que sa simple vision puisse me déstabiliser.

Déterminée, je lui tourne le dos et pars à l'autre bout de la salle pour poursuivre mon petit discours commercial.

– Les notes de jasmin sont subtiles, mais il faut dire que le créateur a spécifiquement choisi le jasmin de Madagascar pour cette touche envoûtante qu'il apporte en arrière-plan…

Alors que je semble avoir captivé ces deux convives, Martial passe derrière eux. Je lance d'abord un regard sur lui, puis reporte mon attention sur la demoiselle en robe jaune. Mais, quand il passe une deuxième fois, je remarque qu'il tient une serviette devant lui. Au troisième passage, je note qu'il a inscrit quelque chose dessus. Bien malgré moi, je me surprends à plisser les yeux. Il a écrit au stylo-bille, assez gros pour que je puisse lire :

« Jolie robe. »

Je me contrains à ne pas réagir, mais il retourne la serviette.

« Tu l'as volée ? »

Je me mords l'intérieur de la joue et me pince les lèvres pour ne pas répondre à son large sourire.

– Il ne faut pas que cette fragrance prenne le pas sur l'odeur d'orange amère qui a fait la renommée de Francis Delorme, continué-je, imperturbable.

De mon index, je fais discrètement un signe « non » à Martial tout en poursuivant mon explication sur la création et la composition du parfum. Jongler entre les deux conversations simultanées requiert un bon niveau de coordination !

Un peu plus tard, du coin de l'œil, je vois Martial de nouveau près de moi. Mes sens sont instantanément en alerte. Est-ce qu'il va s'en aller avant même qu'on ait pu réellement discuter ? Dans ce cas, pourquoi être venu jusqu'ici ?

Mes jambes flageolent alors qu'il s'approche mais ne me jette pas un regard. Parvenu à ma hauteur, je le sens se glisser derrière moi, puis il se baisse. Ses doigts effleurent mon mollet et m'électrisent.

– Je crois que vous avez fait tomber ceci de votre sac, madame, annonce-t-il en se redressant.

Nos regards se croisent alors qu'il fait tomber un bâton de rouge à lèvres dans le creux de ma paume. Évidemment, il ne m'appartient pas, mais je joue le jeu.

– Oh oui, c'est à moi. Je vous remercie.

Il hoche la tête et, d'une démarche assurée, poursuit sa route dans mon dos.

J'aimerais me retourner pour m'assurer qu'il ne va pas s'en aller. Seulement, je ne peux pas me mettre à courir après un homme ! C'est contraire à ma religion. De toute façon, mes talons et cette robe sirène ne sont pas compatibles avec une course effrénée sur des pavés.

– Attention, madame, s'exclame la petite vieille au collier de perles à qui je fais la conversation depuis dix bonnes minutes.

Je me retiens d'ailleurs depuis autant de temps de lui demander pourquoi elle porte de fausses perles avec un tailleur Valentino…

Mince ! J'étais tellement obnubilée par Martial que j'en ai oublié que je tenais un verre à la main. Un peu de champagne s'est renversé sur ma robe quand j'ai récupéré le rouge à lèvres.

– Excusez-moi, je vais me nettoyer.

Je repose mon verre, essuie ma robe et profite de cette diversion pour m'éloigner de la foule. Alors que je me dirige vers les toilettes, j'ouvre le capuchon du rouge à lèvres et découvre un morceau de papier que je me hâte de déplier :

« Si tu rêves de quitter ton poste à cet instant précis, remets-toi du rouge à lèvres. »

Quoi ? Qu'a-t-il encore derrière la tête ?

Oui, j'ai hâte que cette réception se termine, surtout maintenant que je brûle de savoir ce qui se passera si je fais ce qu'il demande. Au point de faire une entorse à mon code des bonnes matières en remettant une couche de rouge à lèvres en public ?

Je croise de nouveau son regard alors qu'il s'approche du bar. Je suis soulagée, j'ai été prise de panique un instant quand il se dirigeait vers la sortie derrière mon dos. Mais non, il reste. Il veut encore jouer… Alors, pour entrer dans la partie, je m'arrête, plante mes yeux dans les siens et, avec autant de sensualité et d'aplomb que possible, j'applique consciencieusement le rouge carmin sur mes lèvres. Martial ne rate pas une miette du spectacle.

Il a vraiment un don pour me mettre dans des situations humiliantes. Ce qui est un véritable tour de force étant donné que j'ai moi-même des prédispositions pour être, au contraire, classe en toutes circonstances.

Je me dirige vers les toilettes, pressée d'aller vérifier que je n'ai pas débordé. Ouf ! Je ne me suis pas si mal débrouillée ! Je fais les rectifications nécessaires et rentre dans une des cabines. Je prends quelques minutes pour souffler et tenter d'imprimer à mon cœur, qui s'est emballé à l'idée qu'un événement imminent se prépare, un rythme plus normal. Lorsque je ressors, ma patronne fait face au grand miroir au-dessus des lavabos. Alors que je m'approche pour me laver les mains, je remarque qu'une écriture est apparue… On dirait que quelqu'un a écrit avec le rouge à lèvres que j'ai laissé sur le rebord du lavabo.

Elle intercepte mon regard et me prend à partie :

– Il y a vraiment des malades partout, hein ?

Je confirme avec un peu trop d'enthousiasme.

– Oh oui ! Des tarés ! Et en plus, ces gens n'ont aucun respect pour ceux qui nettoient après eux…

Bien d'accord avec moi, ma patronne quitte les lieux pour aller signaler l'incident au personnel du bar. Moi, je m'autorise à sourire largement.

Je ne sais pas par où il est entré ni comment il a fait, mais sur le miroir, Martial a écrit :

« Tu es incendiaire, ce soir. J'ai les moyens d'éteindre ce feu. »

Je suis toujours en train de sourire bêtement face au miroir lorsque la porte d'une autre cabine s'ouvre lentement. Martial fait alors un pas vers moi, sourire irrésistible en coin. Nos regards se croisent dans le miroir.

– Alors comme ça, on vole des montres Patek Philippe à d'autres hommes ?

Je souris.

– Alors comme ça, on me suit jusqu'aux toilettes des dames ?

– Tu aurais préféré que je disparaisse pour de bon ?

Son intonation se fait soudain plus sérieuse. Trop sérieuse. Il n'est plus en train de jouer. J'ai tellement de choses à lui dire que je ne sais plus par où commencer.

– On ne peut pas parler de ça ici. Et puis, il y a mon travail qui m'attend, je dois…

Ses yeux me scrutent avec attention. Je ne sais pas comment finir cette phrase. Est-ce que je veux vraiment lui dire que cette soirée ridicule où tout le monde suffoque sous les effluves d'un parfum beaucoup trop cher est plus importante que lui ?

– Très bien, me coupe-t-il. Je comprends.

Vraiment ? Martial quitte alors précipitamment les toilettes, sans ajouter un mot. Il me laisse seule ici, complètement décontenancée.

J'hésite, parce que je ne veux pas le laisser partir. Je crois que je vais devoir faire une entorse à ma religion et lui courir après… Est-ce que ce serait si mal que ça ?

Je n'ai pas le temps de tergiverser davantage qu'une alarme stridente retentit dans tout le bâtiment. L'alerte incendie. C'était ça, le sens caché de son message. J'ai à peine le temps de sortir des toilettes que Marial surgit de nouveau, main tendue vers moi :

– Qu'est-ce que tu attends, Keyah ? Amène-toi !

Derrière lui, les gens paniquent. Mes collègues tentent d'organiser l'évacuation générale au mieux et d'assurer aux invités que l'alerte incendie ne nécessite pas de paniquer. Je pourrais les aider, mais je n'en fais rien.

Au lieu de ça, je pose ma main dans celle de Martial et je le laisse m'entraîner loin de l'agitation générale.

# CHAPITRE 31
# STELLA MCCARTNEY

Alors que nous nous éloignons du bar, je fais de mon mieux pour suivre le rythme soutenu de Martial, malgré mes sandales à talons et le fourreau de ma robe Stella McCartney. Quand il finit par s'arrêter, je ne peux m'empêcher de pousser un soupir de soulagement. J'y ai gagné deux ampoules supplémentaires !

Jusqu'ici, lancée dans ma course, l'adrénaline et l'effort me réchauffaient. Ce n'est que maintenant que je ressens l'air frais sur mes bras nus. J'en ai la chair de poule. C'est alors que Martial se rapproche, puis frotte mes bras de ses grandes mains pour me réchauffer.

J'ose à peine relever la tête et affronter son regard. Comment peut-il s'occuper de moi de cette façon alors que j'ai failli le faire jeter en prison ?

– J'ai cru que tu avais orchestré l'enlèvement de mon père, bredouillé-je. C'est pour ça que je t'ai fait ce coup-là. J'étais en colère et tellement déçue que tu aies pu me trahir encore…

– Je sais.

Son menton relevé dévoilant le dessin de sa mâchoire carrée, Martial arbore un air sérieux, ses lèvres charnues closes.

– Je l'ai compris quand j'ai appris que Mirot avait été arrêté pour l'enlèvement de ton père. J'ai su que, d'une façon ou d'une autre, tu savais que j'étais en contact avec lui et que tu as mal interprété les faits.

Je sourcille. S'il a compris dès qu'il a su Mirot arrêté, pourquoi attendre avant de me retrouver ?

– Tu en as mis du temps.

– Je sais, répète-t-il. J'avais besoin de digérer. Et puis, j'avais pas mal de choses à faire. Comme régler mes comptes avec mon père.

Je le dévisage, un peu inquiète.

– Et ça y est ? Tu as définitivement réglé tes comptes avec lui ?

*Est-ce que cette relation toxique avec ton père te rongera toute ta vie ?*

– Je crois, oui.

Je sais, à la ride qui se dessine sur son front, que rien n'est réglé, que ce qu'il a fait, contrairement à ce qu'il espérait, ne l'a pas soulagé. Peut-être que ça signifie seulement que, maintenant, il peut enfin commencer à guérir, même si le chemin est encore long…

– C'est tout ce que je te souhaite. Il ne méritait pas que tu dépenses autant d'énergie pour lui.

Comme je sens que l'atmosphère s'alourdit, je change de sujet et pose la question qui me brûle les lèvres depuis des semaines :

– Mais comment as-tu fait pour t'échapper ? Toutes les barrières étaient baissées et je te vois mal passer par le toit ouvert avec ton vertige.

Il rit.

– Crois-moi, je n'aurais pas choisi cette voie dans tous les cas !

– Mais alors, dis-moi, comment t'as fait ? supplié-je en trépignant.

– Tu es moins ingénieuse que je le pensais finalement…

Il me regarde, l'air d'avoir envie de faire durer le suspense, et je lui donne une tape affectueuse sur le bras pour le faire réagir.

– Allez ! Lâche le morceau !

– Je ne suis pas sorti.

J'écarquille les yeux.

– Quoi ? Comment ça ?

Ma réaction l'amuse, alors il m'explique, gonflé d'orgueil :

– J'ai préparé ce casse pendant des années, tu penses bien que j'avais une solution de secours. J'ai eu le temps d'obtenir les plans de cet entrepôt et ceux des précédents propriétaires. Avant d'être racheté par Interpol, le terrain a servi d'usine à un brasseur. Et les bières sont conservées dans des caves. Ainsi, même si le sous-sol avait été muré, il existait des cavités où je pouvais facilement me dissimuler avant l'arrivée de la police. Ensuite, j'ai simplement eu besoin de ne pas attirer l'attention. Une fois que la foule de policiers, de scientifiques, d'experts et de gratte-papier a inondé l'entrepôt, j'ai juste eu à me fondre parmi eux pour sortir.

– Parce que la sécurité n'est jamais aussi faible que sur les lieux où un crime vient tout juste d'être commis, récité-je en souriant.

Logique. Malin. Brillant. Évidemment que Martial allait s'en sortir. Évidemment qu'il avait un plan B. Heureusement… Ma culpabilité se réveille et je me mords la lèvre inférieure.

Lorsqu'il voit que mon visage change, il relève mon menton entre son pouce et son index :

– Hé, qu'est-ce qui se passe ?

– Je suis désolée… désolée de t'avoir fait ça et de t'avoir cru capable d'enlever mon père.

– Keyah, je ne suis pas ici pour des excuses. J'ai compris que j'ai merdé, que je t'ai manipulée, et que tu as toutes les raisons d'être en colère contre moi.

Je le regarde, avec un mélange de surprise et de vulnérabilité.

– Alors pourquoi tu es ici ?

Il sourit doucement, révélant une rangée de dents blanches et impeccables. Ses yeux, empreints d'une lueur espiègle, se plissent légèrement aux coins, ajoutant une touche de charme à son sourire.

– Parce que même avec tout ce qui s'est passé, même avec la colère et la douleur, je ne peux pas nier ce que je ressens pour toi. Je n'ai jamais planifié de m'attacher à toi, mais je suis incapable de t'oublier.

Ma lutte intérieure entre méfiance et désir de le croire fait rage. Martial prend doucement mes mains dans les siennes.

– Keyah, je veux être clair. Je ne suis pas ici par vengeance ou pour te manipuler à nouveau. Je suis ici parce que je me rends compte que j'ai des sentiments pour toi. C'est bien plus que ce que j'avais prévu, et c'est terrifiant, mais c'est la vérité.

– Et comment je peux savoir que tu ne mens pas à nouveau ?

Martial sourit tristement.

– Je ne peux pas te forcer à me croire. Je peux seulement te montrer, jour après jour, que mes sentiments sont réels. Je ne m'attends pas à ce que tu me pardonnes tout de suite, mais je suis prêt à reconstruire ce que j'ai détruit. Est-ce que tu penses que ça peut suffire, au moins pour que je t'invite à dîner, pour commencer ?

Je hoche la tête énergiquement, comme une gamine. Les mots restent coincés dans ma gorge nouée par l'émotion. Comment pourrais-je lui dire « non » ? Il n'a pas demandé ma main, ne m'a pas invitée à m'épancher sur mes sentiments, non. Il me propose juste de recommencer à zéro, et c'est tout ce dont j'ai besoin.

– Parfait.

– Parfait, répété-je en me perdant dans ses yeux.

Quand j'enroule mes bras autour de sa nuque, il pose enfin ses lèvres sur les miennes et engage un baiser d'abord doux puis de plus en plus passionné. Et c'est vraiment *parfait*.

Alors que nous nous détachons l'un de l'autre, je plaisante, le cœur soudain plus léger :

– Je vais essayer de te croire, mais j'aurai toujours un doute dans un coin de ma tête : est-ce que tu n'es pas revenu vers moi pour les montres Patek Philippe ?

Il rit puis rétorque en passant une main derrière mon dos :

– Quelles montres ? Tu ne les as pas toutes distribuées comme des flyers à la sortie du métro ?

Je secoue la tête :

– Eh non. Tu en trouveras une petite dizaine à ton QG au manoir. Disons que je te rends ce que je t'ai pris avec les intérêts.

Il arque les sourcils, admiratif :

– Tu es vraiment incroyable ! Il n'y en pas deux comme toi !

Je lui adresse un sourire taquin tout en resserrant l'étreinte de nos bras entrelacés. J'aime cette admiration dans son regard, elle me grise.

Quelques instants plus tard, sa voiture apparaît dans notre champ de vision. Il porte alors machinalement la main à sa poche avant de se tourner vers moi avec un regard accusateur :

– Keyah, où sont mes clés ?

Je souris et les agite sous son nez.

– T'es clairement pas assez vigilant…

– Ça n'a rien à voir. C'est toi qui me déconcentres.

Je ris.

– La flatterie ne t'aidera pas à les récupérer.

Joignant le geste à la parole, je cours en direction d'une poubelle à roulettes laissée sur le bord du trottoir. Je la fais rouler jusqu'à la positionner juste à côté d'un haut muret qui sépare le trottoir où nous marchons de la propriété d'un riche habitant. Je remonte ma robe Stella McCartney jusqu'à mi-cuisse, me hisse sur le couvercle vert puis sur le mur. La largeur fait à peine plus que celle de mon escarpin. Marcher là-dessus requiert des talents de funambule. Que je ne suis pas certaine de posséder.

Martial m'observe d'en bas, l'air anxieux.

– Keyah ! Qu'est-ce que tu fais encore ? Tu vas pas les jeter dans le caniveau quand même ?

Un éclat pétillant s'allume dans mes yeux.

– Tu ne devrais pas me donner des idées, Martial Beaume !

– Allez, Keyah, arrête. Descends de là, c'est dangereux.

Plus il panique, plus ça m'amuse.

Ses clés se balancent toujours au bout de mes doigts, menaçant de tomber du mauvais côté du mur à tout instant. Mais je vois bien que ce n'est pas ce qui l'inquiète.

– Si je tombais, tu sauverais quoi en premier ? Tes clés ou moi ?

Il secoue la tête. Visiblement, mon petit jeu ne l'amuse pas.

– Allez dis-moi ! Ou je les jette le plus loin que je peux.

– Tu ne ferais pas ça.

– Tu sais bien que si.

– OK. Je te rattraperai toi, même si tu ne le mérites clairement pas. Et je te signale que je l'ai déjà fait. J'ai sauvé ton joli petit cul, plutôt que *L'Appartement de jalousie*. Je le regrette encore aujourd'hui.

– Mais ensuite, tu as couru secourir le tableau au lieu de m'aider à secourir mon père. Aucun regret à ce sujet ?

– Je ne savais même pas ce qui se passait ! Et encore moins que c'était ton père !

Je fais la moue.

– Bon. Tu veux bien descendre de là, maintenant ?

– Non, j'aime bien te voir nerveux. Ça change un peu. Tu parais si sûr de toi la plupart du temps. Et j'ai encore une question.

Il soupire en se massant la nuque. Ses cervicales doivent être douloureuses à force de lever la tête vers moi.

– Vas-y.

– Une fois que je t'aurai rendu tes clés. Tu iras où ?

Il réfléchit longuement.

– Ça dépend.

– Ça dépend de quoi ?

– Ça dépend où tu iras.

Je souris largement. Il n’a pas prévu de disparaître. Ou en tout cas, pas sans moi.

Quand il répond à mon sourire, je fonds. Si bien que mes jambes ramollissent et que je perds l’équilibre. En deux grandes enjambées, Martial s’est positionné à ma hauteur sous le muret et je retombe dans ses bras. Je sens sa chaleur, son parfum Dior, les muscles de son torse contre mes cuisses dénudées, son regard protecteur et amusé sur moi…

On rit. Il m’embrasse. On rit de nouveau. Je l’embrasse.

Finalement, il me repose à terre. Il me prend par la main droite. Puis, comme s’il avait eu une illumination, il se penche pour scruter celle de gauche. Il ouvre ma paume, fouille dans mon sac, puis :

– Keyah ! Où sont mes clés ?

Oups. J’ai dû les faire tomber pendant ma chute.

## ÉPILOGUE

L'Opéra Garnier est plein à craquer.

Partout, ça brille : dorures au plafond et sur les balcons, velours rouge satiné des rideaux et des fauteuils, bijoux des femmes, montres des hommes… Et mes yeux, surtout. Enfin, ce soir, je ne suis pas là pour ça. Je m'oblige à ignorer toutes ces merveilles que je pourrais subtiliser en douce pour me concentrer sur l'objectif principal.

Dans mon oreillette, Martial demande :

– Tu le vois ? Troisième rangée. Sixième place en partant de la gauche.

J'acquiesce d'un léger hochement de tête. Je sais qu'il m'observe attentivement avec une paire de jumelles et qu'il est à l'affût du moindre de mes gestes. Actuellement, il me voit passer les doigts sur le médaillon Cartier ayant appartenu à sa mère, celui qui ne quitte plus mon cou depuis qu'il a tenu à me le rendre. Je ressens une grande sérénité à chaque fois que je sens l'or blanc sur ma peau.

Je profite de l'entracte pour approcher la cible que Martial m'a désignée.

– Est-ce qu'il a une mallette avec lui ?

Je passe la main dans mes cheveux, ce qui signifie oui dans notre langage codé.

Qui se rend à l'opéra avec une mallette ? Martial a raison, ce type est vraiment parano. En l'occurrence, il a raison de l'être. Mais toutes ces précautions ne lui serviront à rien.

Le quinquagénaire a l'air aussi morose que le ténor qui est passé sur scène avant la fin de l'acte I. À l'inverse, sa femme rayonne. Elle a dû le traîner ici. Lorsqu'ils se rassoient tous les deux à leurs places, je m'installe sur le fauteuil libre à côté de l'homme. Comme le plan le stipulait, Martial a intercepté et « neutralisé » la personne qui occupait cette même place pendant l'entracte afin de s'assurer que le fauteuil resterait libre pour moi. Je n'ai pas demandé ce que signifiait exactement « neutralisé ». Martial dit qu'il faut garder un peu de mystère dans le couple.

Discrètement, je passe mes mains sous l'assise de mon fauteuil. La mallette que j'y ai scotchée plus tôt dans la journée est toujours présente. J'attends que l'acte II commence et je tire un peu sur le gros ruban adhésif à chaque fois que les chanteurs passent le mur du son. Mes gestes sont en parfaite synchronisation avec leurs vocalises. À côté de moi, le quinquagénaire s'est fait réprimander par sa femme parce qu'il avait laissé sa mallette sur ses genoux.

Je suis bien d'accord avec vous, madame, ce n'est pas chic du tout !

Obéissant, il finit par céder et dépose la mallette noire à ses pieds. Ça arrange bien mes affaires !

À la moitié de l'acte II, j'ai enfin détaché la réplique parfaite de celle de mon voisin. J'ai poussé les détails jusqu'à imiter l'usure du cuir sur les bords. Un tour de passe-passe plus tard et les mallettes sont échangées. J'entreprends de fixer ma nouvelle acquisition sous mon fauteuil à l'aide de morceaux de scotch. J'essaie de rester le plus immobile possible au niveau du tronc et de mes jambes tandis que mes mains s'agitent en cachette. Il faut beaucoup de dextérité pour faire tout ça à l'aveugle et le plus discrètement possible mais, là encore, je me suis entraînée.

Martial passera récupérer la mallette quelques minutes après la fin de l'opéra. Je ne pouvais pas sortir avec un tel objet dans les mains. Trop voyant.

Pendant le dernier acte, il ne me reste plus qu'à retourner à mon siège d'origine pour profiter du spectacle. Seulement, Martial n'est pas de cet avis et ne cesse de faire des commentaires dans mon oreillette.

– Tu vois la lune géante qui sert de décor ?

Évidemment que je la vois. Quelle question !

Mais comme nous n'avons pas prévu de langage codé pour dire « T'en as d'autres, des questions à la con dans le genre ? », je me contente de me passer la main dans les cheveux.

– C'est une célèbre plasticienne qui l'a fabriquée : Isabella Montoya. Et ça vaut une fortune.

La vibration dans sa voix me fait douter. Est-ce qu'il a prévu de la voler ? Il n'a pas intérêt ! Je ne vois pas pourquoi je devrais faire le travail le plus ennuyeux avec cette mallette ridicule pendant qu'il s'amuse !

– Elle te plaît ?

Ce qui me plaît, c'est le collier de Mme Gervais, la femme de notre cible ! Mais la « lune géante » est belle, hypnotisante, avec des milliers de reflets violets et gris.

– Tu imagines ça en tête de lit dans notre chambre ? On ferait l'amour sur la lune tous les soirs.

Je me mords l'intérieur de la joue pour ne pas sourire. Sur scène, la chanteuse lyrique pleure. Je ne sais pas si c'est pour de vrai ou bien s'ils ont une astuce pour faire couler des larmes sur ses joues. Toujours est-il que sourire à ce moment dramatique où le seul homme qu'elle ait jamais aimé gît à ses pieds, un poignard planté dans le cœur, ce serait suspect.

***

En arrivant dans le hall, je repère Stella de loin. Elle m'adresse un clin d'œil. Le butin de la soirée doit être bon. J'ai bien fait de lui suggérer de venir par ici ce soir. Je savais qu'elle trouverait son bonheur. Et puis, j'aime bien l'avoir dans mon champ de vision au cas où ça tournerait mal, même si je dois reconnaître qu'elle se débrouille bien. Elle a un bon professeur !

Je sors de l'Opéra Garnier et rejoins Martial à notre point de ralliement, quelques rues plus loin.

Je l'embrasse, d'abord, puis quand je me détache de lui, je constate qu'il a bien récupéré la mallette.

– Pas de lune géante, finalement ? le taquiné-je.

– Ça ne passait pas dans ma poche. Tu veux que j'y retourne ?

Je souris.

– Ça ira, merci. Mais je suis ravie de voir que tu t'impliques autant dans la décoration de notre nouvelle chambre.

Martial a eu les clés aujourd'hui, et je n'ai pas encore eu le temps de passer inspecter les lieux.

– Et encore, tu n'as pas vu les travaux que j'ai commencés ! Je t'emmène ?

Il me prend par la main.

– Maintenant ?

– Oui, maintenant !

Quinze minutes plus tard, nous pénétrons dans notre nouvel appartement : un ancien atelier d'artistes. Nous avons un grand balcon où Martial ne mettra jamais les pieds, mais il tenait à ce qu'il y en ait un pour moi.

J'écarquille les yeux en découvrant de magnifiques sculptures, de précieux vases, des célèbres peintures et autres œuvres d'art qui décorent déjà le loft. On se croirait dans un musée. Un musée qui n'aura jamais d'autres visiteurs que nous. Impossible d'expliquer à quiconque la provenance de tous ces objets.

Au fond de la pièce tout en longueur, notre grand lit à même le sol est surplombé par *L'Appartement de jalousie*. Le clou du spectacle.

Ébahie, je murmure :

– Tu l'as gardé…

– Évidemment.

Il me prend dans ses bras et m'enlace. Je commence à fermer les yeux, mais soudain, son étreinte se desserre.

Je recule, interpellée, avant de suivre son regard. Son attention est attirée par quelque chose derrière moi. Il s'écarte, puis avance prudemment vers le canapé en sourcillant. L'émotion se lit sur son visage.

Je le rejoins et découvre un petit objet posé sur notre table basse. On dirait une petite voiture de collection rouge. La réplique exacte en miniature d'un modèle de Ferrari, une sportive.

– Qu'est-ce que c'est ?

– Mon père me l'a offert pour mes cinq ans, explique Martial en la prenant entre ses doigts. Voilà le seul cadeau que j'aie jamais eu de lui. À la seconde où il me l'a offerte, il m'a interdit de la toucher. Elle était dans ma chambre, posée sur un meuble, mais je n'avais le droit que de la regarder. Un jour, je l'ai fait tomber et il m'a frappé.

Je reste muette, sidérée.

Martial ferme les yeux un instant, déglutit puis repose l'objet là où il était avant d'ajouter :

– Le soir où on a cambriolé l'entrepôt d'Interpol, c'est elle que j'ai laissée sur place pour qu'il sache que j'étais derrière tout ça.

D'un coup, je prends la mesure de ce que son apparition ici, dans notre nouvel appartement, implique. Martial avait dit que son père avait beaucoup de relations haut placées…

– Tu veux dire qu'il nous fait surveiller ? C'est une menace, c'est ça ?

Il acquiesce.

– C'est même plus qu'une menace. C'est une déclaration de guerre.

– Qu'est-ce qu'on va faire ?

Il se dirige vers la mallette qu'on a dérobée ce soir et l'ouvre en grand sur la table à côté de la voiture miniature.

– On va se battre. Et on a tout ce qu'il faut pour ça.

On a volé des documents compromettants pour son père et ses proches collaborateurs. Martial avait pour idée de les diffuser au grand public.

Il se retourne vers moi.

– Tu es avec moi ?

Je n'ai pas à réfléchir longtemps. Plus j'en apprends sur son père, plus je le hais. Et je dois reconnaître que jouer les justicières est encore plus satisfaisant que de voler pour son seul et unique intérêt.

– Bien sûr, je suis avec toi.

REMERCIEMENTS

Un immense merci à toutes les âmes intrépides qui ont accompagné *Bluff* depuis ses débuts sur Fyctia, au moment où ce n'était encore qu'une idée folle… Thème du concours : « Shadows ». Parfait, je vais donc écrire une comédie romantique ! Vos lectures, vos commentaires, vos encouragements et vos réactions à chaud ont fait de cette aventure une expérience aussi divertissante que réconfortante !

À toute l'équipe de Fyctia, merci de m'avoir permis de réaliser ce rêve et de crier une fois dans ma vie : j'ai gagné ! Moi qui ne gagne jamais rien, même pas un petit lot à la kermesse de l'école… Un merci particulier à ma super éditrice qui m'a aidée à transformer mes idées farfelues en quelque chose de cohérent.

À mes filles adorées, Amina et Salma, qui ont été mes conseillères scénaristiques et mes plus grandes supportrices, vous êtes merveilleuses. Voici le passage promis, rien que pour vous.

À ma famille et mes amis, merci d'avoir enduré, encore une fois, mes moments de procrastination et mes crises de panique et surtout, d'être toujours à mes côtés.

Enfin, merci du fond du cœur à tous les lecteurs et lectrices qui donnent vie à ces pages avec leur imagination et leur passion pour la lecture. Je suis infiniment reconnaissante de votre présence dans cette aventure.